빌런은 바로 너

우주나무 청소년문학은
사려 깊은 삶의 지도를 그리는 데 실마리가 되려는 청춘의 문학입니다.
크고 강해서 사나워 보이나 순한 초식의 코뿔소처럼, 요동치는 마음에 공감과 위안,
버팀목이 되고, 열정 어린 눈에 즐거움과 기쁨을 더하고 싶습니다.

우주나무 청소년문학 2

빌런은 바로 너

소향 박애진 김이환 정명섭

차례

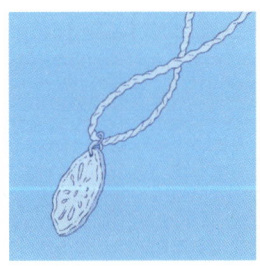

당신중 진짜 빌런

소향

6

미녀와 우주 괴수

박애진

48

매드 사이언티스트 김서윤
김이환

112

4월 24일
정명섭

166

당신중 3학년 이아진과
옛 학교 친구 김상혁의 전화 통화

뭐 해? 바빠? 왜 전화했냐고? 너는 하나밖에 없는 친구 전화를 그렇게 받냐? 그래, 진작 그럴 것이지.

그냥 했어. 생각해 보니까 비록 전학 와서 떨어져 지내지만 나한테 진짜 친구는 너 하나뿐인 것 같아. 이번에 더 확실히 알았잖아. 누군가한테 털어놓고 싶은데 소문날 걱정 안 해도 되는 애가 너밖에 없더라. 뭐? 오글거린다고? 놀리지 마. 나 지금 심각해. 오늘 일냈거든. 있지, 황선하 학폭 신고해 버렸어. 응, 맞아. 그 황선하.

우리 담임 선생님 좋다고 내가 말했던가? 말도 잘 통하고 꼰대 샘들하곤 차원이 달라. 며칠 전에 담임 샘 찾아가서 황선하 때문에 힘든 거 털어놓고 상담했더니 힘든 거 다 이해해 주시면서 세상에서 가장 소중한 사람은 나라는 걸 잊지 말라시더라고. 선생님은 내 편이라면서. 그게 무슨 소리겠어? 내가 평소에 다른 사람한테 상처 줄까 봐 웬만한 건 참는 편이잖아. 다른 애 배려하다 정작 내가 나를 돌보지 못하니까 그만 참고 자신을 돌보라는 말을 해 주신 거지. 엄청 망설이다가 말씀드렸는데 말하길 잘했지

뭐야. 선생님 말씀에 용기를 얻어서 오늘 드디어 학폭 담당 선생님을 찾아갔지.

그런데 정작 학폭 담당 샘이 이상한 사람이더라. 기껏 찾아가서 얘기했더니 뭐라는 줄 알아? 꼭 신고해야겠냐는 거야. 피해자는 난데 황선하 편을 들더라니까. 전학 왔다고 무시하나 싶어 기분 엄청 나빴어. 잔소리 많은 아저씨 샘이거든. 아마 일하기 싫어서 그런 거겠지?

뭐? 얼마 전까지 황선하라면 좋아서 죽고 못 살지 않았냐고? 야! 그건 내가 전학생이라 걔 실체를 몰라서 그랬던 거지.

풋! 진짜 어이없는 얘기 해 줄까? 나 한동안 황선하랑 절친 되게 해 달라고 자기 전에 기도까지 했다? 크큭. 그래, 지금은 기도하며 꼭 모아 쥐었던 내 손목을 부러뜨리고 싶은 심정이다. 아! 그러고 보니 진짜 손목 부러질 뻔했지!

황선하가 좀 그래. 나도 처음엔 뭐 저렇게 완벽한 애가 다 있나 싶었거든. 선생님들도 이름처럼 선하다며 입에 침이 마르게 칭찬하지, 공부 잘하는 애가 길거리 캐스팅 여러 번 받을 정도로 예쁘기까지 한데 신소재공학자가 꿈이라 전부 거절했다니까 또 막 신선해 보이잖아. 많이 먹는데 살도 잘 안 쪄. 난 물만 마셔도 찌는 체질인데 어찌나 부럽던지. 거기다 배려심 쩔고 성격까지 좋다고 애들이 막 칭송하니까 진짜 그런 줄 알았지. 그 바람에 깜빡 속아서 나도 한동안은 황선하가 너무 좋았어. 선하 같은 애와 친구가 된 게 내 인생 최고의 행운이라고 생각한 적도 있었으니까. 그땐 웃을 일밖에 없었는데 어쩌다가 이렇게 됐는지 몰라. 뭐, 내 탓은 아니지만.

선하는 개학 첫날부터 단연 눈에 띄었어. 한눈에 이 학교에서 가장 유명한 아이겠구나, 딱 알겠더라고. 계속 관심이 가고 친구가 되고 싶었어. 그래서 정보를 좀 수집했지.

맨 처음 알게 된 게 선하의 1, 2학년 때 성적이었어. 나도 공부라면 나름대로 자신 있는데 선하는 한 수 위더라. 저 얼굴에 공부까지 잘하면 반칙이지 싶었다니까. 왜, 작년에 우리 반에도 영재고 간다는 애 있었는데……. 그래, 맞아! 빨간 뿔테 안경 쓴 애. 걔는 세상 혼자 사는 애였잖아. 애들하고 어울리지도 않고 쉬는 시간이나 암기 과목 시간에도 주야장천 어려운 수학, 과학 문제만 풀어 대는 AI였지.

선하는 아니야. 주변 애들 다 챙기고 놀기도 잘 놀더라고. 개학 후 얼마 지나서 임원 선거를 했거든. 선하가 거의 몰표를 받고 회장으로 당선됐어. 물론 나도 선하에게 표를 줬지.

회장 선거 나올 때 선하가 내건 공약 1번이 뭐였게? 반에서 소외되는 애가 없게 하겠다는 거였어. 당선됐으니 한동안 지키는 척이라도 해야 했겠지. 그러니 나같이 조용한 전학생을 챙겨 주는 척한 거고, 나는 그걸 진심으로 믿어서 이렇게 상처받았고……. 아니, 안 울어. 하도 울어서 더 나올 눈물도 없다.

알고 보면 걘 웃음소리까지 가식이야. 너 혹시 그런 웃음 알아? 남 의식하면서 아닌 척 웃는 웃음. 배려심 많고 성격 좋다고? 웃겨, 진짜. 그거 다 관종이라 이미지 관리하는 거라니까? 걔가 얼마나 영악한데. 저 가식덩어리의 민낯을 밝혀내고 싶어. 내가 겪은 일을 폭로하고 싶어 미칠 지경이라고. 하지만 나처럼 힘없는 애 말을 누가 믿어 주겠어. 그래서 학폭 신고를 한 거야. 담임 선생님 말대로 이 세상에서 가장 소중한 사람은 나잖아. 내가 나를 지켜야지.

생각해 보면 이게 다 엄마 때문이야. 느닷없이 왜 엄마 탓이냐고? 우리 엄마 갑자기 발령 나서 내가 여기 당신중학교로 전학하게 된 거잖아.

엄마가 지역을 한번 옮기긴 해야 했어. 그런데 분명히 중학교 중간에는 전학 갈 일 없을 거라고, 나 전국 자사고 합격해서 기숙사 들어가면 그다음에 발령 신청을 할 거라고 했거든.

뭐? 전국 자사고에 붙는다는 보장이 있냐고? 원서 쓰기도 전에 초 치지 마라. 암튼 그 말만 믿었는데 갑자기 엄마가 당신시로 발령 났다잖아. 가뜩이나 소심하고 낯가리는 성격이라 이제야 학교 좀 다닐 만하다 싶었는데 전학이라니. 황당해서 엄마한테 있는 대로 짜증 부렸지 뭐. 내가 어디가 소심하냐고? 너 진짜 죽을래? 나 마음 여리고 약한 거 몰라?

그때 엄마가 뭐랬냐면, 회사를 그만둘 수도 없고 어떡하냐면서 더 큰 도시로 가니까 학교도 더 크고 좋은 친구도 많을 거라고 좋게 생각하라는 거야. 엄마는 하나만 알고 둘은 모르나 봐. 학교가 크면 그만큼 빌런도 더 많겠지! 안 그래?

하지만 어쩌겠어? 내가 힘이 있는 것도 아니고, 할 수 없이 끌려왔지 뭐. 엄마는 그래도 학기 중간이 아니고 중 3 올라갈 때 와서 다행인 줄 알더라. 에효, 고달픈 건 내 몫인데. 아무튼, 그렇게 선하를 만나게 된 거야.

황선하랑 내가 어떻게 친해졌냐고? 선거 다음 날, 선하가 생글생글 웃는 얼굴로 다가와서 같이 급식 먹으러 가자고 하더라. 선하가 같이 급식 먹는 무리에 나를 끼워 준 거야. 그래, 믿을 수가 없었어. 맨날 혼자 먹다가 가장 친해지고 싶은 애랑 같이 먹게 되었으니까. 너는 잘 모르겠지만, 그런 게 무지 중요한 애들도 있어. 하긴, 5분 만에 급식 흡입하고 운동장으로 뛰쳐나가는 너한테 내가 무슨 이해를 바라겠니.

그때 옆에 서 있던 선하를 따라다니는 무리가 나를 보며 어색하게 웃었어. 선하가 정한 일이니 딱히 신경 쓰지 않겠다는 입장인 듯했지만, 경계하는 그 애들 마음을 본능적으로 느낄 수 있었어. 나처럼 내성적인 아이는 사람 마음을 잘 읽는 법이니까. 하트 뽕뽕 고은규만 빼고.

은규가 누구냐고? 아! 은규 얘기를 깜빡했네. 고은규라고, 황선하 최측근 시녀가 있거든? 선하랑 초등학교 동창이라는데 선하만 보면 맨날 눈에서 하트가 나와서 내가 하트 뽕뽕이라고 불러. 걔 신기하게 눈이 초록색으로 바뀔 때가 있어. 아니, 진짜 눈동자에 초록빛이 돈다니까. 그래, 뭐, 네 말대로 내 착각이라 치고 아무튼 걔가 선하를 볼 때면 눈에서 하트가 나오는 것 같았어.

잘난 구석이 없어서 그렇지, 은규가 착하긴 해. 은규 아니었으면 황선하가 그런 애라는 것도 모르고 계속 당할 뻔했다니까. 다른 두 애는 좀 까칠했거든. 그런데 은규는 아니었어. 나한테 호감이 있는지 따로 톡도 자주 보내더라고. 선하 다음으로 금방 친해졌지. 어떻게 알았는지 내가 기분이 좋지 않거나 속상한 일이 있으면 남몰래 위로해 주더라고. 그래서 친해졌어.

나중에야 담임 선생님이 아직 학교가 낯설 테니 회장으로서 나를 챙겨 주라고 선하에게 부탁한 거란 사실을 알았어. 하지만 상관없었어. 선하와 친구가 된 게 그땐 너무나 기뻤거든. 내가 황선하 친구라고 사람들한테 막 자랑하고 싶을 정도였어. 이사 오고 나서 내 눈치만 보던 엄마도 내가 선하랑 친해진 걸 알고는 안심하면서 좋아했고.

한동안은 참 좋았어. 어찌나 다정하고 친절한지 선하는 꼭 솜사탕 같았어. 정말 달콤하고 포근한 애였지. 나보고 너무 귀엽다면서 자기는 얼굴에 트러블 자주 생기는데 내 피부 좋아서 부럽다고, 깐 달걀 같다고 막 추켜세워 주더라. 지금 생각하면 통통해서 얼굴 터질 것 같다고 빈정거린 거 같기도 하지만.

또 한번은 내가 시 쓰기 수행 평가 과제를 깜박하고 집에 놓고 왔는데, 자기가 쓴 거 하나 더 있다고 준 적도 있다니까. 진짜 이렇게까지 해 주나 싶어서 그때 나 조금 울었잖아.

우리는 죽이 너무 잘 맞아서 금방 친해졌어. 찐친이라 해도 과언이 아니었지. 만난 지 얼마 되지 않았지만, 사람 사이에 기간이 중요한 건 아니잖아. 그래, 그래. 아까 말했듯이 그땐 황선하 실체를 몰랐을 때니까.

그러던 어느 날이었어. 은규 얼굴이 종일 어두운 거야. 내가 무슨 일 있냐고 물었더니, 학교 끝나고 시간 있으면 둘이서만 밀크

티 마시러 가자더라. 다른 애들 모르게 따로 보자고. 뭔가 중요하게 할 말이 있는 것 같았어. 표정이 심상치가 않더라고. 중간고사가 얼마 남지 않은 때였고 내신 성적이 중요하긴 했지만, 친구가 힘들어하는데 두고 볼 수만은 없었어.

밀크티 가게에 갔더니 은규가 먼저 와 있었어. 내가 먼저 은규에게 무슨 일 있냐고 물었어. 그랬더니 은규가 막 우는 거야. 너무 놀랐지. 간신히 진정시키고 나서 얘기를 들었는데 정말이지 믿을 수가 없었어.

글쎄, 선하가 말이지, 영재고 입시로 스트레스가 심한데 그걸 풀려고 자기 주변 애들을 한 명씩 돌아가면서 괴롭히고 따돌린다지 뭐야. 1학년 때부터 반복된 일이래. 그리고 다시 은규 차례가 돌아온 것 같다고 하더라고.

처음엔 믿지 않았어. 은규가 자기 입으로 황선하는 천사라고 한 걸 내가 분명히 들은 데다가 선하 욕을 하는 애를 본 적이 없었거든. 은규 말을 다 믿을 순 없었지만, 어렵게 얘기 꺼내는데 어쩌겠어? 적당히 맞장구쳐 줘야지.

그런데 은규가 그러더라. 괴롭힐 땐 지독하지만 스트레스가 풀리면 너무 잘해 준다고. 또 소문날까 봐 일부러 입이 무겁고 착한 애들만 자기 주변에 둔다고. 그래서 선하가 나도 자기 무리에 끼워 준 거래. 내가 착하고 고자질할 타입이 아니란 걸 딱 알아봤다는 거야.

 그 말을 듣고서야 그동안 마음 한구석에서 찝찝했던 게 뭔지 어렴풋이 깨달았어. 함께 웃고 떠들면서도 이상하게 불안했던 그 마음이 뭔지 알게 된 거지. 선하는 지난 학교에서 날 모함하고 괴롭혔던 애들이랑 다를 게 없었어. 난 순진하게도 선하를 너무 좋게만 봤던 거야.

 어쩜 그런 애들은 하나같이 똑같을까? 자기보다 잘난 애가 있으면 어떻게든 끌어내리고, 자기가 중심에 서야 하고, 처음엔 잘해 주다가도 기분이나 상황에 따라 교묘하게 깔아뭉개고 이용하잖아. 티 안 나게 몰래. 아! 황선하 진짜 무서운 애야.

 은규는 선하가 괴롭히는 기간이 길어야 일주일이었는데 이번엔 2주가 넘어간다면서 너무 힘들다고 했어. 그러면서 교복 셔츠 소매를 걷어 올렸는데, 세상에, 파랗게 멍이 잔뜩 들어 있는 거야. 이게 뭐냐니까 황선하가 남들 안 볼 때 꼬집어서 멍든 거래. 내가 학폭으로 신고하라니까 고은규가 뭐라는 줄 알아? 알고 보면 선하도 불쌍한 애래. 영재고 입시 하기 싫은데 선하 엄마가 억지로 시켜서 하는 거라고. 그리고 선하가 공부 잘하기는 하지만, 은근히 학교 시험은 실수를 많이 해서 수학을 망친 학기가 두 번이나 있었대. 그게 다 시험 부담 때문에 강박증이 생겨서 그런 거라더라고. 그러면서 자기나 선하 옆의 다른 애들은 모두 선하 사정을 알기 때문에 영재고 갈 때까지만 참아 주기로 했대. 애들 진짜 착하지 않냐?

또 은규가 그랬어. 자기가 보기에 다음 차례는 나라고. 내가 그걸 어떻게 아냐니까, 선하가 나한테 은목걸이 선물하지 않았냐고 묻는 거야. 안 보이게 차고 다녔는데 은규가 어떻게 알았나 싶어 깜짝 놀랐어. 목걸이 정말 선하가 사 줬냐고? 혹시 내가 산 거 아니냐고? 뭐래! 지금 누가 샀냐가 중요한 게 아니잖아.

선하는 은목걸이 다음에는 틴트, 그다음엔 지갑. 이런 식으로 선물하면서 환심을 사다가 어느 순간 갑자기 무시하고 괴롭히기 시작한대. 그러고는 미안하다고 막 울면서 사과하고, 변명하고, 한동안은 더 잘해 주고. 그게 패턴이래. 그때쯤 되면 괴롭혀도 그동안 받은 게 있고, 잠깐 그러다 말겠지 싶어 참게 된대. 그렇게 가스라이팅 당하는 거라고. 그때부터였지. 선하에 대한 나의 믿음에 금이 가기 시작한 게.

그날은 공부가 하나도 되지 않았어. 그래서 일찍 자려고 누웠는데 은규에게 톡이 왔어. 선하 때문에 힘들어도 기운 내라는 톡이었어. 또 내가 선하 욕한 건 자기가 죽을 때까지 비밀로 해 주겠다더라고. 욕한 건 자기면서 왜 나한테 이런 걸 보내는지 좀 의아했지만, 알겠다고 답했어. 나도 은규가 한 말 전부 비밀로 하겠다고 했지.

그런데 있지! 은규 말은 사실이었어. 다음 날 학교에 갔더니 선하가 나에게 틴트 하나를 내미는 거야. 자기 거 살 때 예뻐서 내 것도 같이 샀다면서.

와! 나 그때 완전 소름 돋았잖아. 은규가 귀띔해 주지 않았으면 어쩔 뻔했냐고.

그때부터 선하를 보는 내 시선에 확실하게 변화가 생겼어. 자세히 보니까 선하는 천사 같은 애가 아니더라. 엄청 깍쟁이에 이기적이었어. 수행 평가 조 모임 할 때 자기는 학원 가야 하니 맡은 부분을 따로 해서 보내 주면 안 되냐고 하길래 같이 모여서 해야 하는 거라 곤란하다고 했지. 그건 절대 조원이 따로따로 할 수 없는 거였거든. 그랬더니 그다음부터 아주 싸해지더라고.

이런 일이 반복되니까 선하는 나를 티 나지 않게 따돌리기 시작했어. 내 SNS에 하트도 안 누르고, 칭찬인 척 비꼬는 댓글도 달더라. 한번은 급식 먹으러 갈 때 날 두고 간 적도 있어. 내가 과학실에서 늦게 나와서 할 수 없이 먼저 갔다는데, 누가 믿어, 그걸.

4월 마지막 주에 중간고사 보고 난 무렵부터 선하는 본격적으로 나를 따돌리기 시작했어. 그것도 자기가 직접 그러는 게 아니라 비열하게 다른 애들 손을 빌려서. 은규 말로는 내가 다른 애들보다 진행이 좀 빨랐대.

왜 그런 줄 알아? 내가 선하보다 수학 시험을 더 잘 봤거든. 선하는 기말고사를 잘 보지 않으면 큰일 날 정도로 시험을 망쳤고. 하지만 그게 어디 내 탓이야? 자기가 시험 못 보면 나도 못 봐야 하냔 말이야. 그때부터 질투를 숨기려고도 하지 않더라. 나보고 쉬운 학교 내신 시험만 실수 없이 잘 보지 자기처럼 고등학교 미적분은 못하지 않냐고 하는 거야. 어이가 없어서. 실수도 실력이라는 거 모르나 봐?

그러다 며칠 전 그 일이 터졌어. 황선하가 내 손목뼈 금 가게 만든 사건. 손목 부러뜨리고 싶은 건 난데 말이야.

체육 시간이었는데 짝 체조를 했거든. 내가 선하 무릎 위에 올라가서 자세 잡으려고 하는데 잡아 주는 척하면서 아주 제대로 넘어뜨리더라. 손목 부은 거 사진 찍어 놨는데 보내 줄게. 보면 깜짝 놀랄걸?

그거 하나면 그래도 참았을 거야. 그런데 어제 쉬는 시간에 물을 마시려다가 이상해서 보니까 내 텀블러 안에 선하 샤프가 들어 있더라고. 와! 진짜 제대로 미친 거지. 그런데 자기가 한 거 아니라고, 억울하다고 막 우는 거야. 사과해도 부족할 판에 억울하다니, 나는 더 참을 수가 없었어. 그래서 담임 선생님하고 상담한 다음 오늘 학폭 신고를 했지.

그렇게 난 석 달도 채 되지 않아서 한 인간의 본성을 알아 버렸어. 내가 단언할게. 황선하는 엘프의 껍데기를 쓴 악마야. 당신중 최강 빌런이라고!

악마는 처음부터 자신의 정체를 드러내진 않지. 황선하도 마찬가지였어. 그동안 다른 애들한테 했던 식으로 나를 가지고 놀았지만, 이번엔 안 통했지. 나를 너무 쉽게 본 거야. 그래, 작년에 그런 일을 겪었는데 같은 일을 또 당할 순 없잖아.

하! 정말. 학교와 사람이 바뀌었는데 어떻게 비슷한 일을 또 겪는지……. 왜 사람들은 잘해 주면 만만하게 보는 걸까? 잘해 주면 고마워해야 하는 거 아냐? 내가 좋아하고 잘해 준 애들하고 자꾸 이렇게 되니까 얼마나 상처가 큰지 몰라. 진짜 인류애 사라지려고 한다니까. 아! 말하다 보니 또 울컥하네.

학폭 담당 선생님은 사과받고 끝내는 게 어떻겠냐고 자꾸 설득하는데, 난 절대 그럴 생각 없어. 이런 가식적이고 못된 애는 그냥 두면 안 돼. 귀찮고 힘들다고 여기서 참고 그냥 넘어가면 다른 누군가가 또 괴롭힘을 당할 테니까. 선하 옆에 있던 애들이 참고 넘어가서 내가 당했듯이 말이야. 나는 황선하의 가면을 벗기고 악을 응징하고 말 거야.

　멋있다고? 역시 날 알아주는 건 너뿐이다. 고마워, 친구야. 힘들지만, 끝까지 힘낼게.

당신중 3학년 황선하와
학교 폭력 담당 교사 박민수의 상담

하! 기막혀. 이아진이 그래요? 강아지처럼 졸졸 쫓아다닐 때는 언제고 자기 뜻대로 안 되니까 사람을 이렇게 모함하네.

선생님, 걔가 어떤 앤 줄 아세요? 이아진은요, 스토커에다가 허언증 환자예요. 제가 처음부터 다 말씀드릴게요.

3학년 개학 날 이아진이 전학 왔는데 표정이 없었어요. 무슨 안 좋은 일이 있는 것 같았죠. 세상 불행은 다 끌어안은 듯한 표정이 보기만 해도 저까지 우울해지는 기분이었다니까요.

그런데 이아진이 자꾸만 절 쳐다보는 거예요. 저만의 느낌이 아니고 은규나 다른 친구들도 그렇다고 하더라고요. 왜, 기분이 싸하다고 하잖아요. 이아진이 처음부터 딱 그랬어요.

회장 선거가 끝나고 담임 선생님이 절 부르셨어요. 아진이가 학교에 잘 적응할 수 있도록 도와주라고요. 제가 그때 짚이는 게 있어서 슬쩍 여쭤봤어요. 혹시 아진이가 좋지 않은 일로 전학 온 거냐고요. 그러니까 선생님이 당황하면서 말을 돌리시더라고요. 아진이가 저랑 급식을 같이 먹고 싶어 하는 것 같으니까 챙겨 주라시며 다른 얘기로 넘어갔죠. 지금 생각하면 그때부터 되게 찝

찝했는데…….

 분명 전학 오기 전에 무슨 일이 있었던 거예요. 중 3 때 전학하는 게 흔한 일은 아니잖아요.

 그래도 어쩌겠어요? 선생님 부탁도 있고 혼자 먹는 게 짠하기도 해서 같이 점심 먹자고 했죠. 안됐으니 도와줘야죠. 회장이 자기 역할 못 하면 다른 애들 보기에 좀 그렇잖아요. 그랬더니 세상에, 얼마나 좋아하던지. 전 걔가 그 자리에서 하늘로 튀어 올라가는 줄 알았다니까요. 반 애들이 다 쳐다보는데 괜히 제 얼굴이 빨개질 뻔했어요. 친구들도 너무 민망해했고요. 이아진은 말이나 행동이 되게 과장되고 어색하거든요. 상황에 맞지 않는 엉뚱한 말을 자주 했어요. 한마디로 어색 그 자체였어요.

 그런 이아진이 우리랑 같이 다니면서 하루가 다르게 밝아졌어요. 틈만 나면 저에게 달라붙어 칭찬을 늘어놨고요. 애들한테 들었다면서 제 성적부터 길거리 캐스팅 받은 것까지 할머니처럼 했던 얘기를 하고 또 하는 거예요. 3반 아이돌 지망생보다 제가 더 예쁘다면서 소신 있게 꿈을 향해 나아가는 제가 멋있다나요?

 하지만 좋은 얘기도 한두 번이죠. 저만 보면 예쁘다, 부럽다를 연발하기에 듣고만 있기 민망해서 한번은 넌 피부가 깐 달걀처럼 매끄러워서 부럽다고 해 줬거든요. 그랬더니 알지도 못하는 애들한테까지 그 얘기를 하고 다녔더라고요. 정말 칭찬할 게 그 거밖에 없어서 한 건데요.

같이 다닌 지 한 일주일 된 때였나? 아진이가 그런 말을 했어요. 저랑 친구가 돼서 너무 좋다면서 죽을 때까지 베프를 하자더라고요. 이상하게 소름이 돋았어요. 베프라는 말이 그렇게 쉽게 할 수 있는 말인가요? 안 지 얼마나 됐다고요.

아! 시 수행 평가 그거요? 아진이가 시 못 써 왔다고 계속 절 붙잡고 징징거리길래 제가 즉석에서 써 준 거였어요. 집에서 못 써 왔으면 학교에서 얼른 쓰면 되는 거 아니에요? 초딩도 아니고. 휴, 그것도 자랑하느라 제가 써 줬다고 소문내서 얼마나 곤란했는지 몰라요. 사람 난처하게 만드는 데는 재주가 있다니까요.

그런데 어느 날 은규가 그러는 거예요. 네, 고은규요. 고은규 모르세요? 제 절친이요. 눈 초록색인 애 맞느냐고요? 네, 맞아요. 선생님도 은규 눈동자 초록색인 거 보셨구나. 아니요, 은규 혼혈 아니에요. 작년까지도 그렇지 않았거든요. 그런데 희한하게 얼마 전부터 점점 초록색으로 바뀌더라고요. 저도 신기해서 컬러 렌즈 꼈냐고 물어본 적 있는데 아니래요. 정말 초록색으로 보이냐고 되물어서 같이 거울 본 적도 있다니까요. 그때도 분명히 눈동자가 초록색이었는데, 은규는 자기는 검은색으로 보인다고 했어요. 신기하죠? 컬러 렌즈 낀 거 같은데…… 숨기고 싶었을 수도 있죠. 그렇지만 은규가 저한테 거짓말을 할 리가 없거든요. 초등학교 때부터 지금까지 우리 사이엔 비밀이 없었어요.

얘기가 엉뚱한 데로 새 버렸네요. 다시 이아진 얘기로 돌아갈게요. 학원 가기 전에 은규랑 아이스크림 가게 같이 갔거든요. 거기서 은규한테 얘기 듣고 저 진짜 소름 돋았잖아요.

저랑 친구들 몇 명이 1학년 때 우정 목걸이를 맞췄어요. 이아진이 그걸 어떻게 알았는지 똑같은 걸 하고 와서 은규한테 자랑했대요. 제가 선물했다면서요. 맹세코 전 그런 적 없거든요. 흔한 것도 아닌데 도대체 어떻게 찾았는지…… 물어보려다가 더 깊게 엮일까 봐 그냥 참았죠.

그리고 은규가 머뭇거리면서 또 그러더라고요. 이아진이 말하길, 저랑 찐친이 되기로 약속했으니까 자꾸 선 넘지 말라 했다는 거예요. 진짜 어이가 없어서.

그때부터 저는 이아진을 전처럼 무조건 친절하게 대하지 않았어요. 마음이 좀 힘든 아이 같아서 회장으로서 챙겨 준 건데 은규 말 듣고 가만 보니까 진짜 스토커였어요. 제가 하는 건 다 따라 했다니까요! 노트고 샤프고 제가 쓰는 거랑 똑같은 걸로 하나씩 바꾸는 데 정말 미칠 지경이었어요. 기분은 찜찜한데 똑같은 거

산다고 뭐라고 하면 치사한 애 되는 것 같고. 무엇보다 그 바라보는 시선, 그 눈빛 때문에 수업 시간에 집중이 안 될 정도였어요. 고개만 돌리면 이아진하고 눈이 마주쳤거든요. 한번 생각해 보세요. 온종일 누군가 나를 쳐다보는 게 어떤 기분일지…….

한번은 제 노트가 없어졌어요. 그거 누가 가져간 줄 아세요? 네, 이아진이요. 말도 없이 가져갔어요. 왜 그런 줄 아세요? 이아진이 제 노트를 보면서 제 글씨체를 따라 연습하고 있더라고요. 저 그거 보는 순간 심장 멎는 줄 알았잖아요.

샤프요? 제가 이아진 텀블러에 샤프를 넣었다고요? 하! 진짜. 제가 넣는 거 본 사람 있대요? 만약에 제가 그랬다면 티 나게 제 샤프를 넣었겠어요? 그렇지 않아도 아끼던 샤프가 갑자기 없어져서 속상했는데 그게 이아진 텀블러에 들어 있는 거 보고 저도 얼마나 화났는데요. 게다가 저를 범인으로 몰아가면서 사이코패스 취급하는데 미칠 뻔했어요. 애들 앞에서 울기까지 하고 어찌나 연기를 잘하는지 배우 해도 되겠더라고요. 내가 그렇게 잘해 줬는데…….

그런데요, 선생님. 진짜 무서운 건요, 그런 식으로 계속 이아진이 저한테 딴지를 거니까 저를 2년 넘게 본 애들도 점점 제가 뭔가 잘못한 게 있나 보다 짐작하는 것 같았어요. 왜, 연예인들이 헛소문에 시달리다가 나중에 아닌 거 밝혀져도 이미지에 심각한 손상을 입어서 다시 복귀 못 하는 경우 가끔 있잖아요. 저 이제 그 사람들 심정 완전히 알 것 같아요. 그래서 앞으로는 어떤 일이든 양쪽 말 다 들어 보고 판단하기로 마음먹었다니까요. 그게 얼마나 억울한지 당해 보지 않으면 몰라요.

아, 눈물이……. 휴지 좀……. 감사합니다, 선생님.

계속 얘기할게요. 당연히 저는 이아진과 더욱 거리를 두기로 마음먹었어요. 딱 자르면 무슨 일 저지를 것 같아서 서서히요. 제 생각보다 더 빨리 이렇게 일을 저질렀지만요.

그렇게 거리를 두니까 이아진의 집착은 더 심해졌어요. 회장 투표할 때 자기가 저한테 한 표 줬으니 책임지라는 말까지 하더라니까요? 진짜 기막혀.

게다가 툭하면 저 몰래 은규한테 징징대면서 힘들게 했더라고요. 네, 은규가 카톡도 보여 줬어요. 이아진이 저 욕하고 모함한 거요. 은규가 아진이 너무 무서운 애라면서 알려 줬어요. 은규 아니었으면 전 이아진한테 더한 짓도 당했을걸요. 한번 보실래요?

생각해 보면 진짜 웃겨요. 제가 끝까지 모를 줄 알았던 걸까요? 친한 척 오버하면서 달라붙어서 사람 민망하게 할 때는 언제고, 제 욕 하고 다닌 거 생각하니까 얼척없더라고요. 상황을 모르는 애들은 절 어떻게 생각하겠어요. 한때는 잠시나마 이아진과 친구가 될 수도 있을 거라 생각했는데 제가 어리석었죠.

선생님, 저 진짜 억울해요. 저는 지금까지 남한테 피해를 준 적이 없어요. 이아진 때문에 스트레스 많이 받고 힘들었는데 도리어 학교 폭력으로 신고를 당하다니. 저도 신고하고 싶은데 그러면 똑같은 애 되는 거잖아요. 그러면 애들이 절 어떻게 보겠어요? 이아진이랑 같은 수준으로 생각할 거잖아요. 그러니까 선생님이 이아진 설득 좀 해 주세요. 전 무서워서 이제 걔랑 말도 못 하겠어요.

선생님은 제가 그동안 얼마나 열심히 살았는지 모르실 거예요. 학교생활도 열심히 했지만, 학교 끝나고도 계속 공부했어요. 영재고 대비반 수업은 저녁 늦게야 끝나는데, 그다음에 또 자습하면서 부족한 부분은 조교 선생님에게 클리닉 받기도 하거든요. 하루는 이아진이 그러데요. 왜 그리 공부를 열심히 하냐면서 혹시 얼굴도 예쁜 애가 공부까지 잘한다고, 모든 게 완벽하다고 추앙받고 싶어서 그러는 거냐고요. 아니라고 해도 답은 정해져 있다는 듯 제 말을 믿지도 않더라고요. 그럴 거면 묻긴 왜 묻는 건지, 휴······.

그런데 그거 아세요? 그 공부 제가 원해서 한 거예요. 부모님은 너무 무리해서 공부하면 건강 해친다고 반대하셨는데 제가 원해서요. 전 꿈이 있거든요. 환경 오염을 일으키지 않는 신소재를 개발하는 거예요. 선생님도 바다 쓰레기에 고통받는 야생 동물 사진을 본 적 있으시죠? 초등학교 때 플라스틱 컵이 목에 끼어 고통받는 바다거북 사진을 보고 나서부터 제 꿈은 바뀐 적이 없어요. 저만을 위해서 공부하는 게 아니라고요.

　이아진 다친 거요? 중요한 얘길 빼먹었네요. 그것도 기가 막혀요. 체육 시간에 짝 체조를 하는 날이었어요. 저랑 짝도 아닌데 이아진이 같이 하자고 막 난리 쳐서 체육 선생님이 결국 짝을 바꿔 주셨거든요. 먼저 이아진이 제 무릎 위에 올라가서 양팔 벌리고 자세를 잡는 거였는데 갑자기 철퍼덕 떨어지는 거예요.

　아뇨? 제가 왜 그런 짓을 해요. 정말 걔 혼자 일부러 떨어졌다니까요? 설령 제가 아진이를 떨어트리고 싶었더라도 수업 시간에 남들이 다 보는 앞에서 그러겠어요? 하, 진짜!

　아! 하나 더 있어요. 이아진은 수학을 잘한다고 스스로 무척 자랑스러워했어요. 이번 중간고사 수학이 좀 어려웠잖아요. 그런데 수학 점수가 저랑 비슷하더라고요. 나머지 과목은 엉망이고요. 그 성적으로 무슨 전사고를 간다는 건지 모르겠지만, 늘 자긴 전국 자사고 갈 거라고 노래를 부르다시피 했는데 중간고사 보고 나서는 자기가 저보다 시험 잘 봤다고 애들한테 거짓말도 하고 다녔어요.

선생님, 이아진이요, 저를 그렇게 질투한대요. 그렇게 부러워한대요. 부러워하다 못해 미쳐 버린 것 같대요. 제 찐친이 되지 못하면 차라리 저를 망쳐 버릴 거라고 했다더라고요.

누가 그랬냐고요? 은규요. 물론 처음 은규 말을 들었을 땐 진짜인가 의심스럽기도 했어요. 하지만 은규는 초등학교 때부터 뭐든 절 위해 양보했고 늘 제 편이었어요. 곰곰이 생각해 보니 그런 은규를 의심하는 것 자체가 미안한 일이더라고요. 그러니까 카톡 내용은 선생님만 알고 계신다고 꼭 약속해 주세요. 은규가 비밀 꼭 지켜 달라고, 자기가 말한 거 알면 이아진이 무슨 짓 할지 모른다고 너무 겁을 내서 제가 아무한테도 말하지 않겠다고 약속했거든요. 친구와 한 약속은 지켜야죠.

그런데요, 선생님. 저도 이아진이 무서워요. 그동안 제 학교생활이 어땠는지 선생님도 아시죠? 그런데 이아진이 오고 나서 모든 게 다 엉망이 됐어요.

학교 폭력으로 절 신고한다고요? 선생님, 제가 피해자예요. 전 이아진한테 회장으로서 잘해 준 죄밖에 없어요. 이아진은 미친 스토커라고요!

학교 폭력 담당 교사 박민수와
교감 선생님의 면담

아! 교감 선생님, 커피 감사합니다.

예, 각오하긴 했는데 생각보다 학폭 업무가 많긴 하네요. 그래도 어쩌겠습니까? 누군가는 해야 하는 일인걸요. 다만 처음 맡은 업무다 보니 복잡한 절차 익히랴 매일 쏟아지는 공문 처리하랴 그야말로 정신이 없네요. 아직 학년 초라 공문이 특히 많이 오고 있습니다. 공치사는 아니지만, 제시간에 퇴근해 본 게 언제인지 모르겠네요.

오늘 이아진 학생과 황선하 학생 각각 면담했습니다. 제가 보기엔 지속적으로 심각한 폭력이 있었다기보다는 둘 사이에 뭔가 오해가 생겨 일이 커진 것 같은데, 뭐 어쩌겠습니까? 일단 신고가 접수되었으니 절차대로 해야죠. 오늘 오후에 두 학생 부모님들과 면담하기로 하고, 시간 약속 잡았습니다.

네, 이아진 학생이 진단서를 제출했습니다. 체육 시간에 황선하 학생이 고의로 자기를 떨어뜨렸다면서요. 황선하 학생은 절대로 고의가 아니었다고, 억울하다 주장하고 있고요. 이아진 학생이 스스로 떨어지고는 자기에게 뒤집어씌웠다네요. 학교 폭력으로 신고당하면 선하 학생이 고등학교 입시에 불리해지니까 그런 것 같다고도 하더군요.

황선하 학생이 신고당한 게 놀라우시다고요? 저도 그랬습니다. 선하는 그야말로 모범생 중의 모범생이니까요.

사실 저도 두 학생의 주장이 너무나 극명하게 갈려서 혼란스럽습니다. 둘이 같은 반이라 담임 선생님께 여쭤봤지요. 담임 선생님은 평소 전혀 그런 기미를 느끼지 못하셨다고 합니다.

다만, 이아진 학생이 새 학교 적응에 어려움을 느끼는 것 같아 황선하 학생에게 부탁했고, 그 뒤로 아진 학생이 선하 학생에게 많이 의지한 것 같다고 하셨어요. 그런데 선하가 갑자기 자기를 따돌리고 괴롭힌다며 몇 번 하소연했다더군요. 선생님 생각에는 선하가 그럴 애가 아니라서, 너무 속상해하지 말라고 아진 학생을 달래면서 해 줄 만한 말은 다 해 줬다고 하셨어요.

네, 아진 학생과 담임 선생님이 상담할 때 아진 학생에게 학폭 신고를 조언했다는 주장은 전혀 사실무근이라고 하셨습니다. 자기가 왜 그런 말을 하겠냐고, 그런 담임이 어딨냐며 강하게 부인하셨어요. 저도 설마설마하긴 했지만, 아진 학생이 신고하러 왔을 때는 잠깐 진짜인가 싶었다니까요. 아진 학생이 말을 참 잘하더군요.

선하 학생은 자기가 도리어 아진 학생 때문에 힘들었다고, 할 수만 있으면 자기도 아진 학생을 신고하고 싶다고 했어요.

아, 스토킹 때문에 힘들었다고 합니다. 처음에는 과할 정도로 칭찬하고 쫓아다니다가 어느 순간 무엇 때문인지 서운함을 느낀 것 같다고 했어요. 그리고 얼마 지나지 않아 이런 일들이 생겼다면서 결국 울더라고요.

물론입니다. 그 반 학생들과도 면담했죠. 고은규 학생이 사정을 가장 잘 알고 있었고요. 하지만 큰 도움은 되지 못했습니다. 고은규 학생은 선하와 아진이 둘 다 소중한 친구라면서 누구 편을 들 수도 없고, 비밀을 지켜 주기로 약속했다며 말을 아꼈어요. 친구를 험담하는 것 같아 얘기하기 힘들다는데, 더 묻자니 제가 채근하는 것 같아서 좀…….

또, 두 친구의 주장이 어떻게 보면 다 일리가 있다고 하면서 둘 다 본인 입장에서는 그렇게 생각할 수밖에 없을 거라고도 하더군요. 자기는 이해가 간다고요. 아직 어린데 배려심도 대단하고 속이 참 깊더군요.

네? 황선하 학생은 영재고 합격이 기대되니 없던 일로 해 보라고요? 그건 좀 힘들 것 같습니다. 말씀드렸다시피 이아진 학생이 진단서를 제출했고요. 그렇게 제 마음대로 할 수 있는 게 아니라서요…….

 물론이죠. 저도 학생들 앞날이 누구보다 걱정됩니다. 처벌이 다가 아니라고 생각하고요. 하지만 아시다시피 절차라는 게 있어서요.

 아니, 그런 말씀이 아니잖습니까. 교감 선생님, 흥분을 좀 가라앉히셔야 할 것 같습니다. 아니, 왜 소리를 높이시고……. 제가 지금 일을 방관하는 것도 아닌데 도가 지나치십니다.

 저 정말 힘들어요. 서로 주장 엇갈리는 학생들하고 끝도 없이 상담하랴, 학부모님들과 통화하랴, 공문 작성하랴, 수업 준비를 할 시간이 없다니까요? 정말 괴로워서 학교 그만두고 싶은 심정입니다.

 흠흠. 학생들 걱정되는 마음에 실수하셨다니 사과를 받긴 하겠습니다만, 제가 이 업무를 하고 싶어서 하는 것도 아닌데 상당히 불쾌하군요. 교감 선생님이 하도 부탁하셔서 저도 기피 업무를 하는 건데 이제 와 이러시다니요.

 아무튼, 끝까지 잘 마무리하겠습니다.

당신중 3학년 오픈 채팅방

- 대박! 황선하 유학 간대.
- 어쩐지 엊그제부터 학교 안 나오더라니.
- 진짜? 왜?
- 얼마 전 학폭으로 신고당한 거 때문 아닐까?
- 맞아. 고은규한테 들었는데 만약에 생기부에 학폭 기록 남으면 영재고 입시 힘들어져서 그냥 유학 가기로 했다나 봐.
- 유학이란 게 그렇게 빨리 갈 수 있는 거야?
- 준비하면서 학교는 그냥 결석하고 있대. 그 얘기 하면서 은규 많이 울었어. 꼭 자기 일처럼 걱정하더라고. 은규 너무 착해.
- 근데 유학이라니, 난 좀 부럽네. 선하는 좋겠다.
- 이제 영어로 공부해야 하는데 뭐가 부러워?
- 그나저나 선하는 어쩌다 그런 짓을 했을까? 그렇게 안 봤는데 깜빡 속았네. 참 선하스럽다.
- 선하스럽다? 그게 뭐야?
- 새로 생긴 유행어 몰라? 겉으로는 착한 척하지만, 알고 보면 남 괴롭히는 가증스러운 짓을 가리키는 당신중 신조어.
- 아! 나도 오늘 그 말 들었어. '선하 짓 하지 마라'가 그 뜻이었

어? 난 선한 짓 하지 말란 줄 알고 나쁜 짓 하란 소린가 했네. 와! 어쩌다 여신 황선하가 가식의 상징이 되어 버렸냐?

- ㅋㅋ 누가 만든 말이야?
- 여기 오픈 채팅방에 올라왔던 것 같기도 하고.
- 누군지 천재네.
- 어쩌면 황선하가 망하길 가장 바란 애 아닐까?
- 그럼 전교 2등이 그랬나? ㅋㅋㅋ
- 그만들 하셔. 진실은 모르겠다만 너네는 전학생 말을 다 믿냐? 난 어쩐지 걔가 더 께름칙해.
- 나도. 진짜 무섭다, 전학생. 이름이 이아진이었나?
- 걔 이 방에 없어?
- 없어. 이거 1학년 때 만들었잖아. 그다음에 새로 들어온 애도 없고. 암튼 전학생 존재감 확실히 생겼네.
- 나 걔랑 눈도 안 마주치려고. 괜히 또 신고당할라.
- 듣고 보니 무서. 우리 학교에 빌런이 전학 왔나 봐. 건들지 말아야겠다. 모두 조심해!

이아진 엄마와 친구의 전화 통화

나야. 잘 지내냐고? 아니, 잘 못 지내. 새로 발령 난 지점 적응하기도 바쁜데, 아진이 일까지 너무 힘드네.

응, 새 학교에서도 힘들어해. 작년이랑 비슷한 일로. 내가 애를 잘못 키웠나 봐.

작년에? 내가 얘기 안 했나?

말도 마, 얘. 그때 어떤 애가 아진이를 학폭으로 신고한 거 있지. 아진이는 그저 잘해 준 것밖에 없는데 그런 일을 당해서 얼마나 놀라고 상처받았나 몰라. 그래, 우리 세 식구 정말 너무 힘들었어. 아진이가 착한데 너무 마음이 약해. 친구를 참 좋아해서 마음을 온통 다 주다가 늘 상처를 받네. 잘못이 있다면 그저 다가가는 방법을 잘 모르는 것뿐인데. 영악하질 못해서 밀당을 못한달까? 요즘 애들치고 아진이가 너무 순진해. 그런데 이번에도 비슷한 일이 일어난 거야. 물론 작년 일로 경험이 있으니 이번엔 마냥 당하진 않았어.

나도 조용히 넘어가길 바랐지. 하지만 어쩌겠어? 애가 자존감이 바닥인데 다그칠 수도 없고. 학폭 신고하고 싶다길래 그러자고 했어. 들어 보니까 아진이가 걔 때문에 힘들었겠더라고. 바빠

죽겠는데 그 일로 학교까지 다녀왔잖아. 부모 역할이 진짜 끝이 없다.

있잖아, 가끔은 나랑 아진이가 연기자가 된 것 같아. 서로 뻔히 알면서도 아닌 척 연기하는 거지.

하나만 말해 줄까? 나 발령 난 거 회사에서 갑자기 보낸 거라고 아진이한테 말했거든. 그래서 아진이는 어떻게 갑자기 전학 가냐고 길길이 날뛰었고. 그런데 사실은 이번 발령, 내가 회사에 신청한 거다? 작년 그 일로 아진이가 계속 전학 가고 싶어 했거든. 그런데 아진이 문제로 가는 게 아니라, 내가 발령받아서 가는 것처럼 한 거야. 학교나 주변에도 그렇게 말했고. 웃기지? 그렇지만 아진이가 힘들어하기도 했고, 소문이라도 나 봐. 우리 부부 체면이 뭐가 돼? 한창 크는 애니까 환경 바뀌면 괜찮아지겠지 싶어서 발령 신청한 거야.

응, 아진이도 내가 그런 거 알아. 그냥 그렇게라도 엄마 탓을 해야 조금이라도 제 속이 편해질까 싶어서.

다른 연극도 말해 줘? 아진이가 전국 자사고 가고 싶어 하는데 사실 그 정도는 아니거든. 수학은 그래도 잘하는데 나머지는 별로라서. 그런데 우리 둘이 얘기할 때는 아진이가 전교권인 것처럼 얘기해. 이번 중간고사에서 국어를 좀 못 봤지만, 기말에 만회

하면 전교 3등은 유지할 수 있을 거다, 뭐 이런 식으로. 일종의 역할놀이지.

가끔 성적표도 고쳐 오더라고. 어떻게 알았냐고? 당연히 학부모 나이스 들어가 보고 알았지. 그런데 어쩜 그렇게 감쪽같이 고쳐 오는지, 우리 딸 재주도 좋아. 이런 거 잘하면 무슨 과를 보내야 하는 거야? 그래, 이 와중에 딸 자랑 한다. 친구가 좀 들어 주면 안 되냐? 내가 오죽하면 그러겠어. 요즘 내 속이 말이 아니야.

뭐라고? 내가 잘못 키우는 거 같다고? 진상 학부모라고? 농담이 과하다, 너.

그래, 어쩌면 네 말이 맞을지도 몰라. 그렇지만 애 키우는 게 어디 이론대로 되니? 애가 친구들이랑 문제 생겨서 시무룩해졌는데, 차라리 엄마 탓으로 돌리고 조금이라도 기 사는 게 낫지. 자존감이란 게 얼마나 중요한데.

아진 아빠? 아진 아빠는 바쁘잖아. 요즘은 특히 얼굴 보기도 힘들어. 아니, 아진이한테 관심이 없는 건 아니야. 그래도 어떡하니, 집에 오면 쓰러져 자기 바쁜데. 조금 덜 바쁜 내가 챙겨야지.

그래, 사춘기라 그럴 거야. 좀 크면 다 좋아지겠지? 새삼 네가 존경스럽다. 어떻게 애를 셋이나 키워서 대학까지 보낸 거야? 난 하나 키우기도 이렇게 힘든데. 대단하다, 대단해.

황선하 엄마와 담임 교사의 마지막 인사

 선하 물건 빠짐없이 챙겨 주셔서 감사합니다.
 선하요? 많이 힘들어하지요. 계속 울고 밥도 못 먹어서 걱정했는데, 어제부터는 그래도 조금씩 먹기 시작해서 한시름 놓았어요.
 네, 이런 일이 처음인 데다 어릴 때부터 칭찬과 주목만 받던 아이라 그런지 많이 힘들어하네요. 지금 집안 분위기가 말이 아니랍니다. 저도 별별 생각이 다 들고요. 제가 너무 온실 속 화초로 순진하게만 키운 걸까요?
 저도 선생님 말씀처럼 그렇게 얘기했죠. 무조건 피하는 게 좋은 해결책은 아니다, 이건 일종의 도망이다, 네가 정말 그랬다고 인정하는 꼴이다, 아진이와 오해를 풀면 오히려 더 돈독한 사이가 될 수도 있다, 해외 생활이 훨씬 어려운 점이 많다 등등, 설득 많이 했어요.
 그런데요, 하루도 학교에 갈 수가 없다는군요. 무엇보다 아진이가 너무 무섭대요.
 더구나 커서 국제기구에서 일하고 싶은 꿈이 있는 아이라 혹시 학폭으로 결론 나면 어떡하냐고, 기록이 남아 발목 잡히는 거 아니냐며, 차라리 외국에서 공부하고 싶다는데 말릴 수가 없네요. 애가 워낙 완벽주의라서, 휴……..

네, 일단 선하 이모 사는 곳으로 보내기로 했어요. 선하가 잘 이겨 내고 단단해지기만을 바랄 뿐입니다.

저, 선생님, 제가 그동안 말씀드린 모든 건 비밀로 해 주실 거죠? 꼭 그래 주셔야 해요.

그동안 감사했습니다. 안녕히 계세요, 선생님.

당신중 3학년 고은규의 일기

선하가 유학을 떠났다. 공항까지 함께 가지는 못했지만, 공항 버스 타는 곳까지 배웅해 주었다. 선하가 나를 꼭 끌어안고 울었다. 나도 눈물이 나왔다.

내 친구 선하, 어쩌다 이런 신세가 되었을까? 내가 선하의 베프라는 것이 참 자랑스러웠는데. 우리 둘은 영원히 행복할 수도 있었는데…….

생각해 보면 모든 건 말 한마디에서 시작되는 것 같다. 아무도 관심 가지지 않던 내게 선하가 해 주었던 말, 네가 착해서 좋다는 그 말 한마디에 영원히 선하 편에 서기로 맹세했다.

그리고…….

"아진이도 같이 목걸이 할까?"

그 한마디를 듣는 순간, 더는 가만히 있지 않기로 했다. 우정 목걸이는 우리만 해야 하는 거였으니까. 나와 선하 그리고 내가 허락한 친구들까지만.

"선하가 너 좀 무시하는 거 같지 않아?"

이 말 한마디로 한창 친해지려던 선하와 이아진의 사이를 벌려 놨고.

"누가 그러는데, 아진이가 너 관종이라고 말하고 다닌대."

이 말 한마디로 선하의 마음을 돌려놨다.

많은 얘기를 할 필요도 없었다. 단 한마디, 작은 쐐기만 박으면 그다음은 저절로 흘러갔다.

선하가 나한테 한 짓은 배신이었다. 그러면 안 되는 거였다. 선하의 옆자리는 나만의 것이어야 했다. 나와 보낸 시간이 얼만데, 내가 선하한테 얼마나 잘했는데, 그런 정체불명 거짓말쟁이한테 속아서 잘해 주면 안 되는 거였다. 나는 처음부터 이아진이 정상이 아니란 걸 알았다. 입만 열면 거짓말인 게 빤히 보이는데 선하는 바보처럼 그걸 다 믿고 받아 주었다.

게다가 이아진은 욕심도 많아서 선하를 저 혼자 독차지하길 원했다. 나와 선하 사이를 비집고 들어올 때면 팔뚝에 오소소 소름이 돋았다.

결정적으로 선하는 나와의 약속을 잊었다. 우정 목걸이는 우리만 하자고, 평생 풀지 말자고, 이걸 하고 있는 한 우리 우정은 영원할 거라고 약속해 놓고는 "아진이도 같이 목걸이 할까?"라니. 다른 애면 허락했을지도 모른다. 하지만 이아진? 내가 그런 애랑 동급이란 말이야?

나는 누구보다 선하를 잘 안다. 선하는 누구한테도 욕먹기 싫어하고 남의 시선을 하나하나 신경 쓰는 애다. 그리고 그런 선하의 모습까지 다 받아 줄 수 있는 애는 이 세상에 오직 나뿐이었다. 그걸 선하가 몰라주면 안 되는 거다. 그래서 더는 가만히 있을 수가 없었다. 이아진을 거절하지 못하다가 정말 둘이 베프가 되기라도 하면 안 되니까. 나만의 베프가 못 될 바에는 누구와도 친구가 되지 못하게 하고 싶었다.

선하가 간과한 게 한 가지 더 있다. 선하 베프라는 게 유일한 자랑일 정도로 내가 잘나지 못한 건 맞지만, 그렇다고 자존심까지 없지는 않다는 거다. 늘 선하를 칭찬한다고 해서 나라고 칭찬받고 싶은 마음이 없는 게 아니다. 그러니까 이 모든 건 오랜 절친의 마음을 헤아리지 못한 선하가 자초한 일이다.

아진이한테 목걸이 파는 곳을 일부러 슬쩍 흘렸다. 그다음은 이아진의 욕심으로 저절로 굴러갔다. 나는 그저 말 몇 마디만 보탰을 뿐이다.

샤프? 선하가 떠나고 그건 생각지도 못한 기념품이 되었다. 그 샤프는 지금 내 방 책상 서랍에 있다. 이아진의 텀블러에 들어 있던 샤프는 내가 새로 사서 넣은 것이다. 그러니까 이아진, 더럽다고 찜찜해할 필요 없어. 내가 친절하게 알코올 스와프로 소독까지 했으니까.

학폭 담당 선생님과 면담할 때 선생님이 선하와 아진이 중 누구 말이 맞느냐고 물었다. 나는 둘 다 맞는다고 대답했다. 따지고 보면 거짓말도 아니니까. 그때 선생님의 난감한 표정이란…….

처음엔 태연한 척하던 선하는 '선하스럽다', '선하 짓 하다'라는 말이 퍼지면서부터 눈에 띄게 힘들어했다. 난생처음 누군가 자기를 싫어할 수 있다는 걸 알고 충격을 받은 듯했다.

하지만 어쩌면 선하는 그로 인해 자신의 본모습을 보게 된 게 아닐까? 선하라는 나르키소스가 연못에 비친 자기 모습을 보고 반해 있을 때, 나는 그저 작은 돌멩이를 던져 정신을 차리게 해준 것뿐이다. 진정으로 선하를 위해서!

오늘 선하를 보내고 나서 버스를 타고 집에 오는 길이었다. 맨 뒷자리에 앉아 바깥 풍경을 하염없이 바라보는데 사방이 점점 어두워지더니 갑자기 비가 내리기 시작했다. 빗줄기는 점점 굵어지다가 곧 버스 창을 뚫을 듯 거세게 쏟아졌다. 하늘도 내 마음을 아는지, 내리는 비가 꼭 내 눈물 같았다.

버스 창에 거울처럼 얼굴이 비쳤다. 거리의 네온사인 불빛이 반사된 걸까? 그때 창에 비친 내 눈동자는 어쩐 일인지 초록빛으로 빛나고 있었다. 선하가 말했던 초록 눈동자가 이거였나? 참으로 이상한 일이었다.

영국 극작가 윌리엄 셰익스피어의 비극 《오셀로(Othello)》 3막 3장, 이아고의 대사

"Oh, beware, my lord, of jealousy! It is the green-eyed monster which doth mock The meat it feeds on."

"오, 왕이시여, 질투를 조심하세요! 그놈은 사람의 마음을 농락하여 먹이로 삼는 초록 눈의 괴물이랍니다."

| 작가의 말 |

　짐작하는 분도 있겠지만, 〈당신중 진짜 빌런〉은 중의적인 제목입니다. '당신들 중에 진짜 빌런은 누구?' 그리고 '당신중학교의 진짜 빌런'이라는 두 가지 뜻을 품고 있지요. 원래는 고등학생들 이야기를 쓰고 싶었는데, 제목이 먼저 떠오르는 바람에 캐릭터를 중학교 3학년 학생들로 설정한 뒷얘기도 있답니다.

　살다 보면 가끔 내 옆에 왜 이런 못된 인간이 존재해 나를 괴롭히나 하는 생각이 들 때가 있습니다. 그 사람만 없으면 인생이 행복해질 것 같지요. 그런데 가만히 따져 보면요, 본인 입장만 생각해서 그렇게 느끼는 건지도 모릅니다. 내가 빌런이라고 생각하는 그 사람은 나를 원망하며 괴로워하고 있을지도 모른다는 말입니다. "양쪽 말 다 들어 봐야 한다."라는 말은 아마도 이런 상황이 많기에 생겼을 것입니다. 그렇습니다. 우리는 어쩌면 서로가 서로의 빌런일지도 모릅니다. 저는 〈당신중 진짜 빌런〉에서 그런 상황을 그려 보고 싶었습니다. 소설 끝부분에 나오는 셰익스피어 작품의 의미도 생각해 보기를 바랍니다.

　소설을 다 읽은 당신들에게 묻습니다. 당신들 중에서 진짜 빌런은 누구인가요?

미녀와 우주 괴수

박애진

"누나, 나 이번 추석에 못 내려가. 곧 데뷔 무대 있잖아. 연습해야 해서……. 아니, 회사에서는 집에 갈 사람은 가라고 했어. 내가 연습하고 싶어서……. 미안해, 누나가 지난주에 또 차비 겸 필요한 데 쓰라고 용돈도 보내 줬는데. 누나도 아직 취직 못 해서 알바로 힘들게 번 돈인 줄 알아. ……뭐? 고모가 온대? 그 시대착오적인 양반? 여자는 선생님이 가장 좋은 직업이다, 젊을 때 시집가야지 서른 넘으면 여자 못 쓴다, 운운하는 그 양반? 캐나다 가서 좋았는데 왜 갑자기? 누나도 안 가면…… 안 되겠지, 그럼 엄마가 혼자 당할 테니까. 아빠가 막아…… 주지 못하겠지, 고모가 고등학교만 졸업하고 아빠 학비 다 댔으니까. 무려 세 살이나 어린 여동생이……. 그 시대가…… 참 그랬지. 아빠 사고 난 뒤엔 병원비까지 보태 주고. ……알지, 내가 가야 고모 등쌀에서 누나 실드 쳐 줄 수 있는 거. 고모가 어째서인지 나는 예뻐하니까. ……그래, 남자라 예뻐하니까. 근데 누나, 이번 한 번만 봐주라. 죽도록 연습해도 긴장하는 바람에 데뷔 무대에서 실수하는 애들이 수두룩해. 난 절대로 그러기 싫어! 우리 그룹만 성공하면 아빠 전동 휠체어 사 주고, 휠체어로 움직이기 편한 넓은 집 사 주고, 실력 좋은 요양 보호사 붙여 주고, 누나 카페 차려 줄 수 있단 말이야. 사장님이 나 가능성 있대. 나이가 어리고 소속사에 다른 멤버들보다 늦게 들어와서 리더를 못 시켰지, 리더감이랬어. ……아, 진짜 그랬다니까? 내가 거짓말하는 거 봤어? 사장님도 우리 그룹에 많이 투자하고 있어. 뮤비 감독님도 이쪽에서 완전 A급인 사람이야. 바빠서 못한다는 걸 사장님이 직접 만나서 모셔 왔다니까? 사장님이 나에게 가능성 있다고, 1집이 터지면 2집 뮤비는 24시간 안에 유튜브에서 1억 뷰를 찍을 거고, 빌보드 뮤직 어워드, 아메리칸 뮤직 어워드, 그래미 어워드까지 수상할 수 있다고 했어. 할리우드 영화에 카메오로 출연해 영화는 잊혀도 나는 두고두고 남아 밈이 될 거래. 사장님이 진심으로 그렇게 말하더라니까? 나보고 천재래! ……어, 응, 솔직히 나도 고모 힘들어. 남자가 얼굴에 분칠한다고 난리 난리를 치겠지. 그렇지만 진짜 그래서 안 내려가는 거 아냐. 연휴 다음 주가 데뷔 무대란 말이야. 나 JJ에서 데뷔하는 거야. 우리나라 3대 기획사 중 하나인 JJ! 제발, 딱 이번 한 번만 봐줘라. 내가 누나 지방시 가방 사 줄게. 나 연습생 된 뒤 누나가 나 먹이고 입히고 돌본 거 내가 열 배, 스무 배, 백 배로 갚아 줄게. 맹세해! ……알았다고? 올해만 봐준다고? 후, 누나, 지금 내 말 하나도 안 믿고 있지? ……거짓말하지 마! 안 믿잖아. ……어, 안 와도 된다고 해 줬으면 감지덕지해야지. ……지방시 절대 안 잊어! 제발 동생 말 좀 믿어 줘라."

* * *

민재의 휴대 전화가 울렸다. 누나였다. 집에 오라는 전화이리라. 민재는 남의 전화기가 울리는 양 무심히 바라보았다. 작년 추석에 누나가 내려오라고 전화했을 때 민재는 누나에게 온갖 희망찬 약속을 했었다. 누나도 듣다 보니 솔깃한 눈치였다. 성공한 아이돌이 부모에게 집과 차를 사 주거나 가게를 차려 주는 일들이 실제로 일어나기 때문이었다. 그래미니 빌보드니 하는 말은 귓등으로도 듣지 않았지만 필사적으로 노력하는 동생에 대한 애잔함이 더해져서 누나는 결국 내려오지 않아도 된다고 허락했었다. 민재는 빌보드 차트에 그룹 이름을 올려 증명하리라 다짐했었다. 안 믿어서 미안했다고 사과하게 만들어야지. 아니지, 누나는 끝까지 자기는 진심으로 믿었다고 거짓말하겠지.

민재는 주머니에 있는 1만 5500원을 손끝으로 더듬었다. 최후의 만찬을 즐기고 죽어야지. 누나, 미안해.

그때만 해도 민재는 자신이 우주 괴수를 만나 진짜로 죽을 뻔할 줄은, 인생의 제2막이 찾아오리라고는 상상도 하지 못하고 있었다.

＊ ＊ ＊

　민재는 어려서부터 참말과 거짓말을 간파했다. 아홉 살 때 엄마와 간 마트에서 민재는 자동차를 끼워 주는 과자를 갖고 싶다고 졸랐지만 엄마는 집에 장난감 많다, 과자 먹으면 밥 못 먹는다 등등의 이유를 대며 안 된다고 했다. 거짓말이었다. 민재는 과자를 사 주지 않는 것보다 엄마가 거짓말을 하는 게 서러워 몸부림쳤다. 엄마가 뺨을 후려쳤다. 민재는 울음을 뚝 그쳤다. 아픔보다 그 순간 자기에 대한 엄마의 감정, 그러니까 지긋지긋함, 분노, 증오라고 해도 아주 틀린 말은 아니었을 감정 때문이었다. 아동기에, 절대적으로 의지하던 존재가 자기에게 극도로 부정적인 감정을 표출한 건 세상이 무너지는 충격이었다. 영원 같은 몇 초가 지난 뒤 민재 이상으로 놀란 엄마가 온 힘을 다해 민재를 끌어안고 오열했다.

　- 미안하다, 엄마가 돈이 없어서, 정말 미안해.

　그게 진짜 이유였다. 엄마는 돈이 없었다.

　그날 이후 민재는 두 가지 궁금증을 품었다. 첫 번째는 어떻게 해야 돈을 빨리, 많이 버는가였다. 고모에게 물어보니 의사가 최고라고 했다. 민재는 당시 아홉 살이었다. 10년 뒤 대학 진학, 6년 뒤 졸업, 국가시험 응시, 인턴 1년, 레지던트 4년을 밟아야 비로소 의사가 되는 시작점에 들어선다는 건, 이제 겨우 알파벳을 외우는 아이에게 사전처럼 두꺼운 영어책을 번역하라는 것과 같았다. 심지어 민재는 여느 아이들처럼 공부를 싫어했다.

민재는 의사보다 빠른 길을 찾았다. 바로 아이돌이었다. 중학생이나 고등학생 정도의 형들, 누나들이 예능 프로그램에 나와 부모님에게 차와 집을 사 줬다고 했다. 중학생도 4년 뒤의 일이지만 의사처럼 까마득한 미래는 아니었다. 게다가 민재는 노래를 잘했다. 학교 장기 자랑에 나가 상도 타 왔다. 친구들과 종종 아이돌 춤을 따라 하며 놀 때도 다른 친구들보다 압도적으로 빨리 익혔다. 기획사는 다 서울에 있는데 민재의 집은 대전이라는 게 유일한 걸림돌이었다.

두 번째는 거짓말을 하는 사람들, 거짓말을 듣고도 그냥 지나치는 사람들에 대한 의문이었다. 해가 바뀌어 열 살이 된 어느 날 민재는 엄마에게 작년 마트에서 있었던 일을 이야기했다. 눈에 눈물이 그렁그렁해진 엄마가 미안했다고, 아빠가 사고를 당한 뒤 일하랴 어린 너희 돌보랴 제정신이 아니었다고 사과했다. 민재의 마음이 따뜻해졌다.

다음 해에 민재는 다시 그날 이야기를 꺼냈다. 엄마의 사과, 사랑 어린 눈빛을 받고 싶어서였다. 엄마는 다시 그때 미안했다고 말했지만 이번에는 진심이 아니었다. 자기가 그 일을 그만 잊어주길, 두고두고 이야기하며 죄책감을 건드리지 않기를 바랐다. 자연스러운 감정이었다. 민재가 지난해와 달라진 엄마의 말에 상처받았던 것 역시 자연스러운 일이었다.

초등학교 6학년이 된 민재가 친구들과 놀다 집에 돌아오니 엄마가 흐린 무드 등 하나만 켠 식탁 앞에 유령처럼 앉아 있었다. 식탁 위에 소주와 컵라면이 보였다.

– 민재 왔니? 우리 아들······.

엄마가 두 팔을 뻗었다. 엄마는 취하면 감정적이 되곤 했다.

– 엄마가 그때 미안했어.

민재는 어느 때를 말하는지 바로 알았다. 엄마가 전적으로 사실을 말하고 있다는 것도. 이날 민재는 두 번째 의문의 답을 찾았다. 사람은 순간순간의 상황과 감정에 따라 참말을 하거나 거짓말을 했다. 다른 사람은 자기처럼 그걸 간파하지 못했다. 마치 절대 음감을 타고난 사람처럼 자신은 남들이 보지 못하는 걸 보는 것이다.

엄마에게 안긴 민재가 말했다.

– 나 오디션 보고 싶어.

***

민재야, 전화 좀 받아라, 응?

민재는 미리 보기로 뜬 누나의 카카오톡 메시지를 물끄러미 바라보았다. 그리고 5년 전, 열두 살 때 자기가 엄마에게 한 말을 떠올렸다.

그때 자기는 영악했던 걸까?

엄마의 죄책감을 이용했던 걸까?

- 연예인이 되고 싶어?

엄마가 물었다.

- 아이돌이 되고 싶어!

엄마는 민재의 대답을 하루에도 수십 번씩 바뀌는 어린아이의 꿈 중 하나라고 생각했다. 민재는 다른 사람들의 거짓말을 간파했기에 거짓말을 싫어했다. 하지만 엄마를 포함해서 다른 사람들은 민재의 말을 잘 믿지 않았다. 민재의 말을 진지하게 받아들인 것도 아니면서 엄마는 오디션 보는 방법을 알아보고 서울까지 데려다주었다. 그날 엄마는 민재가 하는 어떤 말이든, 그게 물리적으로 불가능한 일만 아니었다면 다 들어줬을 것이다.

그걸 의식하고 한 말은 아니었을 것이다. 아니어야 했다.

어떻든 그러지 않았더라면…….

차라리 공부해서 의사가 되는 꿈을 꾸었더라면, 그럼 자기는 지금쯤 의대에 가는 건 무리임을 받아들이고 인서울이라도 가면 감지덕지, 하면서 책상 앞에 앉아 휴대 전화로 게임을 하다 엄마가 들어오면 꾸중이나 듣고……. 그러고 있지 않았을까? 수중에 있는 전 재산 1만 5500원으로 최후의 만찬을 즐긴 뒤 죽을 생각을 하고 있는 게 아니라.

민재는 7인조 보이 그룹 '킹더세븐'의 센터였다. 작년 추석 다음 주에 방영된 음악 방송 〈케이 팝 쇼〉에서 킹더세븐은 꿈에 그리던 데뷔 무대를 가졌다. 그리고 음원 차트 순위 21위로 1집을 마무리했다. 민재와 멤버들은 갓 데뷔한 신인으로는 괜찮은 성과라고 자축했다. 하지만 가족들의 반응은 뜨뜻미지근했다.

예전에는 금메달이 아니면 메달로 쳐주지도 않았다고 했다. 지금은 동메달도 기뻐하고 노력을 인정하는 분위기다. 그러나 그것도 순위권 안에 들었을 때 이야기였다. 그간 연습생으로 일하며 회사에서 투자한 돈을 회수하는 시점이라 이렇다 할 정산도 받지 못했으니 가족들의 반응도 이해하지 못할 바는 아니었다.

민재도 아쉬웠다. 딱 두 계단만 더 올라 19위였다면, 하는 생각이 가시질 않았다. 누나는 민재의 아쉬움을 심드렁하게 넘겼다.

11위라 두 계단을 오르면 9위가 될 거면 모를까, 19위나 21위나 별로 다르게 들리지 않은 것이다. 사람들은 자신이 속하지 않은 세계의 법칙에 대해서는 냉혹했다. 아이돌 그룹이 넘쳐 나는 세상에서 1집이 21위에 오른 게 얼마나 대단한 성과인지 알려고 들지 않았다. 한편으로 민재도 누나의 반응을 이해했다. 1집으로 끝나는 그룹이 부지기수인 세계였다. 21위는 불안한 순위였다.

다행히 회사에서는 2집 전에 싱글을 한 번 내자며 킹더세븐에 계속 투자할 의향을 비쳤다. 민재는 설레며 신곡을 기다렸다. 어느 날 사장이 민재만 사장실로 불렀다. 사장은 킹더세븐의 데뷔 무대를 틀었다.

- 역시 넌 달라.

사장의 말에 혼자 불려 온 긴장감으로 쪼그라들었던 민재의 간이 펴졌다. 민재는 수없이 본 데뷔 무대를 사장과 함께 재차 보며 그날을 떠올렸다. 무대에 오른 순간 민재는 자아가 사라지는 경험을 했다. 3분 43초가 어떻게 지나갔는지 전혀 기억하지 못했고 나중에 방송으로 자기 모습을 확인했다.

- 연습 때보다 더 잘했어. 무대 체질이야. 막내야 아직 어려서 그렇다지만 리더도 실수했는데 넌 날아다녔어.

이어지는 사장의 극찬에 민재는 몸 둘 바를 몰랐다. 모두 진심이 담긴 칭찬이었다. 이어 사장은 2집 전에 싱글 앨범을 내자고 했다. 곡은 민재의 스타일에 맞출 거라고 했다.

- 한 명이라도 확실하게 뜨는 게 그룹에 유리해. 네가 하드 캐리해 줘야겠다.

엎드려 절이라도 하고 싶을 만큼 감격스러운 말이었다.

- 혹시 작곡 쪽에도 관심 있어?

민재는 생각해 본 적 없지만 이제부터라도 배워 보겠다고 했다. 고개를 끄덕인 사장이 말했다.

- 네가 작곡한 걸로 하자. 어차피 배울 거잖아.

이어 사장은 자신이 민재를 얼마나 믿는지, 민재가 성공할 가능성이 얼마나 높은지에 대해 열렬히 이야기했다. 솔로 앨범도 가장 먼저 내게 될 거고, 예능 프로그램에서도 끼를 보인 만큼 일당백의 역할을 해낼 인재라 회사에서 크게 투자하려고 준비 중이라고도 했다. 모두 진심이었다.

같은 그룹 멤버마저 속여야 하는 일이었다. 하지만 우울증 약을 먹으며 버티는 엄마, 월급에서 출퇴근 차비, 최소한의 식비, 공과금 낼 돈만 빼고 모두 엄마에게 보내는 누나의 얼굴이 어른거렸다. 아니, 그보다 먼저 자기가 성공한 돈으로 가족들에게 해 줄 수 있는 것들, 성공한 자기를 보며 기뻐하고 자랑스러워하는 가족들의 얼굴, 찬사와 칭찬과 감사를 받으며 기뻐하는 자신, 세계 정상급 가수가 된 자신의 모습이 당장 이룬 일처럼 그려졌다.

　민재는 작곡 수업을 받았다. 싱글 곡을 실제로 자기가 작곡하면 된다고 생각했지만 작곡은 만만한 일이 아니었다. 민재는 이렇다 할 매력이 있는 곡을 만들지 못했고 결국 다른 작곡가의 곡에 자기 이름을 넣었다.

　곡이 음원 차트 순위 7위에 올랐을 때 문제의 노래가 일본 언더그라운드 밴드의 곡을 표절했다는 글이 인터넷에 올라왔다. 그 일본 밴드의 길거리 공연이 유튜브에 올라와 있었는데 민재가 작곡했다는 킹더세븐의 싱글 곡과 중심 멜로디가 흡사했다.

　인터넷에 비난 글이 올라오기 시작했다. 해당 일본 밴드 SNS에 민재 그룹의 노래를 첨부한 DM을 보내 고소하라고 했다는 사람까지 나왔다. JJ는 비슷하지만 표절까지는 아니라는 반박도 있느니만큼 일단 버티다 보면 다른 이슈에 묻혀 지나갈 수도 있다는 데 기대어 대응하지 않고 시간을 끌었다. 표절은 음악업계에서 흔한 이슈였다. 진짜 표절이든 우연히 비슷하든 세계적인 그룹도 정상급 가수도 많이들 겪는 일이었다.

　민재는 숙소에서 멤버들과 눈도 마주치지 못했다. 죽은 사람처럼 이불 속에 박혀 있다가 모두 잠들면 나와서 밥과 반찬을 꺼내 최대한 소리 나지 않게 삼켰다.

시간이 지나자 JJ의 예상대로 대중들의 반응이 시들해졌다. 매니저는 내년쯤 활동을 재개하자는 말을 전했다.

그때 진짜 사건이 터졌다. 일본 밴드가 표절당한 노래를 펑크, 헤비메탈, 힙합 버전으로 리메이크해 '셀프 표절'이라며 유튜브에 올린 것이다.

민재도 그 영상을 봤다. 세 버전 모두 완성도가 높았고 밴드 멤버들도 끼, 노래, 퍼포먼스 뭐 하나 나무랄 데가 없었다. 킹더세븐과 얽힌 일을 모르는 사람도 볼 만큼 몰입감이 높은 영상이라 급속도로 퍼지며 킹더세븐은 다시 도마 위에 올라 난도질을 당했다.

저번처럼 무대응으로 일관할 수준이 아니었다. JJ는 킹더세븐 멤버 없이 연 내부 회의를 거쳐 일본 밴드의 노이즈 마케팅일 뿐 표절이 아니라는 입장을 내놓았다. 불에 기름을 부은 꼴이었다. 인터넷에 민재에 대한 온갖 욕설이 올라왔고 '셀프 표절 코믹 버전', '셀프 표절 호러 버전' 등등 킹더세븐의 공연에 희화화한 이미지와 자막을 입힌 영상들이 떠돌았다. 민재가 고개를 살짝 숙이며 회사에서 시키는 대로 최선을 다해 작곡을 배웠을 뿐이라고 말하는 장면은 위선을 상징하는 밈이 되어 떠돌았다. 사장의 말이 하나는 맞았다.

　매니저가 민재를 따로 불렀다. 연이어 담배 두 개비를 피워 없앤 매니저가 "그룹을 다 죽일 수는 없잖냐."라고 말했다. 각오하고 있던 일이었으나 그렇다고 아프지 않은 건 아니었다.

　"딱 한 번만 사장님을 만나게 해 주세요."

　"사장님 덕에 데뷔라도 해 본 거야. 가서 인사만 드려."

　민재가 작곡한 것이 아님을 대충 짐작하고 있던 매니저는 민재가 징징거리거나 화내거나 억울하다고 따지는 대신 괴로워하면서도 받아들이는 모습에 사장에게 연락해 약속을 잡아 주었다.

　사장은 이전에 민재에게 했던 말을 반복했다. "네게 걸었던 기대가 정말 컸다.", "일당백의 인재가 될 자질이 있었다." 등등으로 과거형으로 바뀌었다는 점만 빼면 모두 사실이었다.

　"표절곡인 줄 알고 계셨어요?"

　"아, 작곡가 새끼······."

　할 거면 티 안 나게 잘 좀 하지, 라는 직접적 표현만 뺀 걸쭉한 욕설이 터져 나왔다. 명확한 긍정과 부정이 없었던 터라 민재는 사장이 사전에 알았는지 몰랐는지 확인하지 못했다. 다시 질문할 기회는 주어지지 않았다.

　"난 진짜 네 재능을 봤어."

사장이 결론을 내리듯 말했다. 사실이었다. 그 순간 민재는 거짓에도 등급이 있음을 깨달았다. 사장은 자기 자신조차 기만하는 경지에 올라 있었다. 그래서 사장의 말은 사실이되 공허했다.

사장은 민재에게서 끼와 재능, 더불어 자기 말에 넘어올 유약한 면모를 동물적인 감각으로 감지했다. 그래서 민재에게 갖은 감언이설을 했다. 사장은 그를 스쳐 간, 그가 스쳐 보낸 수많은 아이돌 지망생에게 비슷한 말을 해 왔다. 매번 기대를 가지고 진심을 담아. 그러나 실패할 경우 가차 없이 버리는 패로. 끼와 재능을 가진 아이돌 지망생은 넘쳐 났다. 그중 많은 이들이 묻혔고 누군가는 기획사의 예상을 껑충 뛰어넘으며 성공했다. 민재가 성공할 수도 있었다. 아니면 말고.

사장은 이제 할 말 다 했다는 얼굴로 민재와 자신의 대화, 더해서 인연은 여기까지라는 걸 보였다. 일말의 죄책감이나 최소한의 미안한 감정조차 없었다. 그건 민재가 다른 멤버들을 생각해 입 다물고 있으리라는 확신, 그래야 한다는 명확한 압박이었다.

민재는 숙소로 돌아와 소박한 짐을 쌌다. 차마 들어오지 못하고 문간에 선 리더가 무겁게 말했다.

"사장이 우린 몰랐다고 기자 회견 하래."

"······그래야지."

민재가 가까스로 대답했다. 목부터 가슴까지 가래떡이 들어찬 듯 숨이 막혔다. 사장은 결과적으로 그룹 이름이 알려진 거, 민재만 죽이고 그룹은 살릴 생각이었다. 다른 멤버들이라도 사는 게 어디야, 민재는 힘겹게 마음을 다졌다.

"순간 솔깃했어. 미안하다."

민재만큼이나 목이 막힌 리더가 쥐어짜듯 말을 뱉었다. 리더는 그룹 내에서 최연장자로 스물두 살이었다. 연습생 생활 6년 만에 한 데뷔였다.

"사장이 너한테 거짓말하게 시킨 거 우리 다 알고 있었어. 네가 그러기 싫어한 것도 알아. 온종일 같이 있는데 그 기색을 못 읽을 거 같냐? 못 막아 줘서, 모르는 체해서 미안하다."

"혀엉……."

리더 뒤에 숨다시피 서 있던 막내가 울먹이며 민재를 불렀다. 리더부터 시작해 멤버들이 하나둘 들어와 무릎을 맞대고 앉아 죄책감, 무력함, 설움을 토했다. 일곱 명이 저마다 훌쩍이고 코를 푸는 소리만 좁은 방을 채웠다.

"미안해, 나 너 질투했어. 늦게 들어와서는 센터 맡아서……. 원래 내가 센터로 내정되어 있었는데……. 그래서 너한테 막 못되게 굴고, 이 일도 모른 척하고……. 근데 진짜 표절이었을 줄은 우리다 몰랐어."

나이로 둘째인 형이 말했다.

"상상도 못 했지."

멤버들 중 누구도 설마 표절곡이라고는 생각하지 못했다. 그냥 민재가 그룹 내에서 튀니까 확실히 밀어주려는 거라고만 여겼다.

"사전에 말해 준 것만으로도 고마워. 회사에서 시키는 대로 해. 어렵게 한 데뷔잖아."

민재의 말에 멤버들은 하나같이 고개를 가로저었다.

"낮말은 새가 듣고 밤말은 개가 듣는다는데, 영원한 비밀이 어딨어요? 막말로 표절한 작곡가가 우리가 몰랐을 리 없다고 하면요? 그럼 그 뒤엔 우리가 무슨 말을 하든 누가 믿어 주겠어요?"

막내가 말했다. 리더 형이 갑자기 빵 터져서 끅끅거리며 웃기 시작했다.

"왜 그래요?"

애들이 놀라 물었다. 리더 형이 눈물을 닦으며 말했다.

"'낮말은 새가 듣고 밤말은 쥐가 듣는다.'잖아. 야, 쟤 좀 어떻게 해 봐. 개란다! 너 때문에 눈물 쏙 들어갔어!"

"쥐예요?"

"개 아니었어?"

"그게 무슨 말이야? 속담 같은 거야?"

다들 한마디씩 보태는 중에 일본인 멤버의 마지막 말에 좌중에 웃음이 터졌다.

"다 죽을 필요는 없어."

분위기가 진정되자 민재가 말했다.

"솔직히 나도 사장이 시켰으면 안 한다고 못 했을 거야."

다른 멤버가 말끝에 고개를 떨어뜨렸다. 민재는 자기가 정면 돌파할 테니 멤버들은 나서지 말라고 신신당부했다. 그게 멋있고 남자다운 행동이라고 믿었다.

민재는 사장 몰래 기자를 만나 회사에서 곡을 주며 작곡했다고 말하라고 시켰다고 이야기했다. 그 기사가 나가자 뜨기 위해 작곡 능력도 없는데 자기 이름으로 곡을 내고, 표절인지 아닌지조차 알아보지 않았다며 배로 욕을 먹었다. 사장과 친한 기자와 사장이 굴리는 알바생의 조력도 있었지만, 가장 힘껏 돌을 던진 건 대중들이었다. 민재가 고작 열일곱 살이라는 사실은 조금도 고려되지 않았다.

따지자면 맞는 말이었다. 그런데 회사에서 하라는데 거절하기가 쉬운가? 연습생은 많았고, 연습생 지망생은 더 많았고, 오디션 프로그램에서는 해마다 스타들을 만들어 냈다. 수년을 연습해도 데뷔조차 하지 못하고 떠나는 아이들이 절대다수였다.

사장이 멤버들의 휴대 전화를 압수해 민재는 멤버들과 연락할 방법이 없었다. 얼마 안 되는 통장을 털어 고시원 한 달 월세를 내고 들어가 꼼짝도 하지 않았다. 사흘을 굶으면 헛구역질이 난다는 걸 알게 됐다. 민재는 2~3일에 한 번, 헛구역질이 올라올 것 같으면 마스크를 쓰고 모자를 눌러쓰고 편의점으로 가 컵라면이나 김밥 따위를 숨죽여 먹었다.

죽자, 죽어야 한다. 그 생각만이 민재를 지배했다. 어떻게 죽을까? 어떻게 죽어야 사장이 얼마나 쓰레기인지 세상이 알게 될까? 어떻게 해야 사장도 죽고 싶어질까? 어떻게 해야 JJ를 완전히 망하게 할 수 있을까? 사장은 마스크, 모자, 선글라스를 다 착용하고도 현관도 못 넘을 정도로 망가져야 하는데…….

목을 맬까? 손목을 그을까? 뛰어내릴까? 유서는 어디에 쓸까? 피로 쓰면 어떨까?

돈이 떨어졌다. 수중에 있는 돈은 1만 5500원이 전부였다. 민재는 돈을 보며 생각했다. 치맥을 하자.

성인이 되면 가장 먼저 해 보고 싶던 게 바로 치맥이었다. 편의점에서 훈제 닭 다리와 맥주 정도는 살 수 있을 것 같았다. 민재는 거울을 봤다. 가죽 아래 해골의 형태가 고스란히 보이는 야윈 애가 서 있었다. 열아홉 살로 봐 줄까?

일단 나가기로 했다. 휴대 전화가 계속 울렸다. 전화를 받지 않자 문자와 카톡이 불이 나게 왔다.

민재야, 엄마다. 일단 집으로 와.

민재는 소매를 끌어 올려 눈두덩을 눌렀다. 어지러워서 천장이 빙 돌 정도로 연습했다. 간절히 기다려 온 데뷔 무대……. 무대에 오른 순간 조명이 눈을 때렸다. 정신 차려 보니 무대가 끝났다. 무대 뒤에서 멤버들과 어깨동무를 하고 방방 뛰었다. 리더 형이 실수했다며 오열했다. 막내가 자기도 실수했다고 통곡했다. 서로 괜찮다며 다독였다. 행사를 뛰고, 작은 예능 프로그램에 나가고…….

복수는 불가능했다. 자기가 죽어도 사장은 절대 죄책감 따위를 가질 사람이 아니었다. 킹더세븐을 띄우는 이슈로 활용하거나, 안 되면 킹더세븐을 버릴 수도 있었다. 그런데 다른 사람을 생각할 여유가 없었다. 가족들조차 민재의 결심을 되돌릴 이유가 되지 못했다.

민재는 편의점에 들어갔다. 한 번도 술을 마셔 본 적이 없어서 자기의 주량도, 맥주 맛도 몰랐다. 민재는 1만 1000원에 맥주 네 캔을 골라 종류별로 마셔 볼지, 두 캔만 사서 6000원을 쓰고 나머지로는 푸짐하게 먹을지, 2+1이라는 작은 닭 다리 세 개를 살지, 돈가스 도시락은 어떨지…… 어떻게 해야 1만 5500원을 가장 효율적으로 쓸지 신중하게 고민했다. 1만 5300원이 최선이라는 결론을 내린 민재는 조마조마한 마음을 안고 계산대 앞에 섰다. 그간 엉망으로 지내며 얼굴이 겉늙었는지, 아르바이트생이 손님에게 관심이 없어서인지 다행히 신분증을 보자는 말은 하지 않았다. 봉툿값 생각을 미처 못 했던 터라 200원을 남겼다는 사실에 뿌듯함마저 느꼈다.

민재는 가벼운 발걸음으로 편의점을 나왔다. 그런데 고시원에 돌아가서 죽자니 거기 사람들에게 괜히 폐를 끼치는 것 같았다. 가족과 킹더세븐 멤버들에게 상처를 주게 되는 건 어쩔 수 없다고 해도 민폐까지 끼치고 싶지는 않았다.

어쩔까, 고민하던 차에 공사 중인 4~5층짜리 건물에 눈이 갔다. 설마설마하면서 가 보니 문이 열려 있었다. 민재는 쾌재를 부르며 안으로 들어갔다. 가운데가 뚫린 직육면체처럼 가장자리는 통유리 벽이었고 가운데는 텅 비어 하늘이 보였다. 특이한 구조였다. 빈 가운데 공간에는 잔디를 깔고 나무 한 그루를 심어 놓았다. 조명이 있는 것도 아닌데 나무가 자체 발광이라도 하는지 잎사귀 하나하나까지 선명하게 보였다. 민재는 홀린 듯이 다가갔다. 지나치게 푸른 잎들에는 벌레 먹거나 시든 흔적 하나 없었다. 민재는 가짜인가 싶어 만져 보았다. 촉감이 진짜 나무 같았다.

"헐……."

민재는 어깨높이에 달린 사과를 넋을 잃고 바라보았다. 그건 단순한 사과가 아니었다. 이걸 사과라고 하는 건 조기 축구 회원이나 박지성이나 다 같은 축구 선수라고 하는 것과 같았다. 이런 사과를 사과나무 주인이 놓쳤을 리 없었다. 그러니까 절대 그 사과를 따면 안 되었다.

사과 훔쳤다가 한 20년 감옥살이한 사람 있지 않나?

원래는 20년까지는 아니었는데, 탈옥하려다 걸리는 바람에 형이 늘고, 또 탈옥했다가 잡혀서 늘고…….

아, 리더 형이라면 누군지 알 텐데…….

중학교 1학년 때부터 학교가 파하면 연습실에 가서 밤늦게까지 연습하고, 집에 오면 쓰러져 자고, 학교에 가면 책상 앞에 앉아 버티는 게 전부였으니 공부할 엄두도 못 내는 중에 소설을 읽는 건 상상도 하지 못했다. 웹툰 하나 제대로 본 게 없었다. 오직 아이돌이 되기 위해 모든 시간을 바쳤다.

문득 쥐를 개라고 말한 막내가 생각났다. 다들 웃기에 따라 웃었을 뿐 난생처음 듣는 속담이었다. 예능 프로그램에서 그랬으면 대박이었을 텐데…….

독 사과 먹고 죽은 공주 있지 않나? 아닌가? 죽지는 않고 100년간 잠만 잤다던가? 맞나?

어떤 공주든 간에 그 공주가 먹은 사과도 이 사과만큼 먹음직스럽지는 않았을 것 같았다.

까짓, 뭐 어떻단 말인가? 누가 문을 잠그지 말래? CCTV도 없고, 있다 한들 민재는 최후의 만찬을 즐기고 죽을 거였다. 설령 이게 독 사과라 먹으면 죽는다 한들 뭐 어떻단 말인가? "모로 가도 로마만 가면 된다."라는 말도 있잖아. ……로마 맞나? 모로 간다는 건 뭐지?

민재는 사과를 땄다. 그 순간 실내에 강풍이 불었다. 민재는 손을 올려 날아가려는 모자를 잡았다. 바람에 맞서 가까스로 뜬 실눈으로 나무 옆에서 회오리바람이 이는 게 보였다. 민재가 아무 반응도 못 하고 서 있는 동안 회오리바람은 차츰 형체를 갖춰, 사자처럼 생긴 얼굴에 머리 양쪽에는 뿔이 있고, 몸통은 사람, 다리는 소나 말 같고, 꼬리는 뱀처럼 생긴 괴수가 되었다.

"너, 감히 내 사과를 따?"

괴수가 민재를 올려다보며 천둥처럼 고함을 질렀다.

민재의 키는 167센티미터였다. 괴수는 130센티미터 정도였다. 진돗개는 어른 허벅지까지 오지만 무섭다. 하물며 상대는 난생처음 보는 괴수의 형태였다. 초자연적인 공포에 사로잡힌 민재는 그대로 얼어붙었다. 괴수가 다가와 민재의 허리춤을 잡고는 번쩍 들어 올렸다. 민재의 두 다리가 허공에서 대롱거렸다.

"여기서 저 나무를 키우느라 얼마나 고생한 줄 알아? 겨우 하나 열린 열매였어! 그걸 네놈이 따? 마지막 황족을 유인할 유일한 시과였던 말이다!"

"잘못했습니다! 정말 잘못했어요!"

"내일 아침까지 황족을 내 앞으로 데려와라. 안 그러면 네가 죽는다."

"화, 황족이요?"

민재가 공중에서 버둥거리며 간신히 물었다. 여긴 대한민국이에요. 민주 공화국이라 황족이 없어요. 괴수의 뿔이 내려다보였다. 모른다고 하면 뿔에 찔려 죽거나 맞아 죽거나 아무튼 죽을 것 같았다.

"황족은 왜 찾는데?"

어디선가 서늘한 목소리가 들렸다. 괴수와 민재 둘 다 소리 나는 쪽으로 고개를 돌렸다. 언제 들어왔는지 20대 중반 정도로 보이는 여자가 서 있었다. 화장기 없는 피부는 깨끗했으며, 눈은 크고 눈꼬리가 위로 올라가 날카로운 인상을 주었다. 긴 생머리는 엉덩이를 덮었고 무심하게 걸친 흰 티셔츠와 청바지에 무거워 보이는 검은 워커를 신었다.

괴수는 민재를 내동댕이치고는 등에서 칼 두 자루를 빼서 여자에게 달려들었다. 바닥에 나동그라진 민재가 신음을 흘렸다.

"황족 어딨어?"

괴수가 칼 두 자루를 휘두를 때마다 파공음이 울렸다. 여자는 쉴 새 없이 이어지는 공격을 한 뼘 거리에서 여유롭게 피했다. 이대로는 여자를 잡을 수 없음을 감지한 괴수가 공격을 멈추더니 나무로 향했다. 그리고 자기 몸통만큼 굵은 가지를 꺾어 스스로 몸에 박았다.

"흐어어어헉……!"

식겁한 민재가 기어서 도망치다 통유리 벽에 머리를 박았다. 괴수의 몸에 박힌 나무가 점점 작아지는 데 비례해 괴수의 키와 덩치가 자라, 식물이 자라는 모습을 빠르게 돌린 다큐멘터리처럼 삽시간에 2미터 30센티미터에 육박해졌다. 이어 칼 두 자루를 합쳐 쥐자 칼이 거대한 망치로 바뀌었다. 괴수는 여자를 향해 망치를 휘둘렀다. 망치가 지나가는 족족 땅이 파이고 유리 벽에 금이 갔다. 민재는 다 끝났다며 절망했다. 곧 파리채에 맞은 파리처럼 짜부라진 여자의 모습을 눈앞에서 보게 될 것이다.

여자는 가볍게 발을 구르는 동작으로 중력을 거스르며 10여 미터를 도약했다. 괴수가 신은 신발에서 불꽃이 솟으며 괴수도 공중으로 솟구쳤다. 여자는 반대편 벽으로 몸을 날려 잡을 것 없는 창문에 거미처럼 붙어 있다가 마치 평지처럼 벽을 타고 내려왔다. 괴수는 매번 한발 늦게 여자를 쫓을 뿐 좀처럼 공격할 기회를 잡지 못했다. 방어만 하던 여자가 공세로 전환해서 칼을 휘둘렀다. 괴수가 칼을 막으려 팔을 올린 순간, 여자는 몸을 낮춰 괴수의 다리를 잘라 걷어찼다. 걷어찬 다리가 민재 쪽으로 날아왔다.

"으아아악!"

민재는 몸을 웅크리며 자기 다리가 잘린 양 비명을 질러 댔다. 괴수가 한 발로 깡충깡충 뛰어왔다.

"치워."

여자가 낮게 말했다. 주어도 목적어도 없는데 여자의 지시는 거역할 수 없는 명령처럼 민재에게 와 박혔다. 민재는 발끝으로 잘린 다리를 있는 힘껏 밀어 냈다. 신발에 닿는 느낌이 끔찍했다.

딱히 무슨 촉감이 느껴져서가 아니라 근원을 알 수 없는 존재와 닿았다는 것에서 오는 공포였다.

분노한 괴수가 뼈를 긁는 듯한 괴성을 질렀다. 잘린 곳에서 새 다리가 자랐다. 그만큼 키가 줄어 2미터 정도가 되었다. 여자는 공격을 이어 가며 괴수가 다시 나무를 이용해 체격을 키우지 못하게 했다. 여자의 칼에 맞은 괴수의 어깨에서 검은 체액이 뿜어져 나왔다. 곧 아물었지만 체액을 잃은 만큼 또 크기가 작아졌다. 연이은 여자의 공격에 크고 작은 상처를 입으며 괴수는 어느덧 여자와 키가 비슷해졌다.

"계속할 거야?"

여자가 물었다.

"잔재주를 좀 부리는데……."

괴수가 으르렁거렸다. 여자가 등에서 바주카포 같은 걸 꺼내 나무를 겨누었다. 민재는 작은 백팩에서 튀어나온 바주카포를 보고 넋을 잃었다. 아무래도 자기가 미친 것 같았다.

"저 나무가 타 버리면 어떻게 될까? 지구에서 얼마나 버틸 수 있지? 한 달? 두 달? 그 안에 다른 우주선이 올 수 있을까?"

여자가 말했다.

도무지 이해할 수 없는 상황에서 아는 단어가 민재의 귀를 파고들었다. 지구? 다른 우주선? 설마 저 괴수가 외계인이야? 외계인이 왜 한국말을 해?

나중에 민재는 여자, 문연수 실장이 지닌 범우주 통역기가 그 공간 전체에서 작동했다는 걸 알게 되었다. 백팩은 일종의 아공간이었고 신발은 착용자의 뜻대로 중력을 조절했다. 민재도 중력 조절 신발을 신고 연습해 봤지만 문연수 실장만큼 자유자재로 움직이는 건 불가능했다. 아무나 김연아가 될 수 없는 것과 비슷한 이치였다. 그 무렵 민재는 자기가 이곳에 들어올 때부터 문연수 실장이 지켜보다가 따라 들어왔다는 것도 알게 됐다. 이때는 자기가 미쳤거나 죽어서 지옥 같은 데를 온 게 아니기만 빌고 또 빌고 있었다.

괴수의 코에서 만화처럼 김이 뿜어져 나왔다. 어지간히 분한 모양이었다. 민재는 저 김이 빠진 만큼 괴수가 작아졌는지 궁금했다. 그 정도로는 작아지지 않는지, 맨눈으로는 판별이 힘든 정도인지 괴수의 크기는 겉보기에는 그대로였다.

여자가 괴수를 향해 냉랭하게 말했다.

"우나는 보트란-세카에 돌아가지 않아. 황권과 관련한 자기의 모든 권리를 포기했다. 우리가 해당 내용을 모두 전달한 걸로 아는데?"

"보트란-세카에 더 이상 황족은 없다. 우리는 황제, 황족과 귀족, 평민의 계급 차이를 없앴어."

"그럼 됐잖아."

"법으로는 그렇지. 하지만 한때 귀족이라 불렸던 자들이 황족을 찾고 있어. 유일하게 살아남은 황족이니 어떻게든 다시 데려가 구체제를 복구하려는 거야."

"네 말대로 우나가 유일하지. 너희가 우나를 제외한 모든 황족을 죽였으니까. 우나의 부모, 형제, 친척 모두를. 어린아이도 예외는 아니었어. 심지어 스스로를 황족으로 인지하지도 않고 살았을 만큼 머나먼 핏줄마저 남기지 않았잖아. 그걸로 부족해?"

"내 아이는 다섯 살이었다. 그 아이가 어떻게 죽었을 것 같아?"

"혁명군이 지나가는 모습을 구경했지. 노래 부르며 행진하는 모습에 웃고 손뼉을 쳤어. 그래서 혁명군으로 몰렸지. 네 아이가 죽은 이유는 평민의 딸이었기 때문이야. 그래서 우나도 황족의 딸이라는 이유로 죽어야겠어?"

"어설프게 주워들은 걸로 함부로 말하지 마라."

"의뢰를 받아서 말이지."

"그 황족의 보모가 의뢰비로 준 돈이 누구의 핏값이라고 생각하는 거냐?"

넋을 잃고 둘의 공방을 듣고 있는 민재 옆에서 바람이 일었다. 민재는 몸서리를 치며 비명을 질렀다. 괴수와 여자의 눈이 민재 옆에서 일기 시작한 작은 회오리바람으로 향했다. 회오리바람은 곧 머리 양쪽에 뿔이 난 사자 얼굴, 사람 몸, 휘어진 다리까지 눈앞에 있는 괴수의 축소판이 되었다. 키는 40센티미터 정도로 머리와 몸의 비율, 몸짓에서 어린 동물 특유의 느낌이 났다.

"사…… 아…… 과……."

작은 괴수가 민재에게 손을 뻗었다. 민재는 빨간 사과를 아직 쥐고 있었다. 새끼일지언정 사자를 앞에 두고서 살코기를 들고 있는 거나 마찬가지였다. 주면 되는 단순한 문제가 아니었다. 사자에게 맨손에 든 고기를 내밀 수 있는 사람이 몇이나 되겠는가.

"우나."

여자의 입에서 나직한 소리가 흘러나왔다. 민재는 화들짝 놀랐다. 이 작은 괴수가 우나, 문제의 황족이라고?

"실…… 장님……."

우나가 여자를 보고는 말썽 부리다 걸린 강아지 같은 표정을 지었다.

"어?"

이어 괴수를 본 우나가 환하게 웃었다. 같은 동족이라고 반가운 모양이었다. 우나가 괴수에게 달려가려 했다.

"야, 야!"

민재는 얼결에 우나를 끌어안았다. 딱딱할 줄 알았는데 놀랄 만큼 말랑말랑하고 여렸다.

"한때 귀족이었던 자들이 저 황족을 찾아 다시 구체제를 복구하려 한다면 네가 막을 수 있나?"

괴수가 거칠게 따져 물었다.

"못 막지."

여자의 즉답에 괴수의 기세가 사나워졌다.

"내가 막을 일도 아니고. 그걸 막는 건 너희가 할 일이지. 귀족이었던 자들이 약속을 이행하는지 감시하고, 지금 제도를 유지할 힘을 기르고, 그 과정에서 또 다른 희생자가 생기지 않도록 하는 것, 그게 너희가 바라는 일 아닌가? 그걸 이루기 위해 꼭 저 아이의 피가 필요해? 아니면 너희가 저지른 일이 두려운가? 저 어린 아이를 고아로 만든 게? 그래서 복수를 당할까 봐?"

"복수? 누가 누구 앞에서 복수 운운하는 거냐? 우린 수십 세기 동안……!"

"사과?"

사과를 먹으려면 괴수의 허락이 필요함을 느낀 우나가 물었다. 애들은 먹을 것에 관해서라면 눈치가 빨랐다.

괴수가 우나를 산 채로 씹어 먹을 듯 쏘아보았다. 우나의 몸이 움츠러들었다. 민재도 덩달아 겁에 질렸다. 당장 도망쳐야 했다. 그런데 우나가 제법 무거웠다. 혼자 도망치는 것도 가능할지 모를 상황이었다.

괴수의 죽은 딸은 늦둥이였다. 앞선 세 아이는 공장에서 일하고 있었다. 아이를 돌볼 사람이 없어 아내가 일을 그만둬야 했다. 딸은 두 살이 되도록 똥오줌을 가리지 못했고 몸을 계속 비틀었다. 어렵게 돈을 마련해서 병원에 가니 뼈와 근육이 제대로 자리를 잡지 못하는 병에 걸렸다며, 좋은 사과를 듬뿍 먹고 꾸준히 치료를 받아야 낫는다고 했다.

하루 벌어 하루 먹고사는데 아내가 일을 못 하니 생활비가 적자 나 빚만 늘고 있었다. 병의 진행 속도를 늦추는 약값만으로도 생계가 위협받았다. 사과는 살 엄두도 내지 못했다.

딸은 밤이면 특히 고통스러워하며 비명을 질러 댔다. 싸구려 진통제로는 통증을 제대로 가라앉히지 못하고 위장에 문제만 일으켰다.

부부는 크기는 작아도 제대로 된 방 한 개와 화장실, 부엌이 딸린 집에서 살았다. 진통제나마 더 나은 걸 사기 위해 그 집을 팔고 공동변소를 쓰고 물을 길어 오거나 물지게꾼에게 사야 하는 동네로 이사했다. 전기도 들어오지 않는 곳이었다.

그 돈도 바닥났다. 부부는 그 돈이 결국 떨어지리라는 걸 알고 있었다.

어느 밤 이상한 기분에 잠에서 깨서 보니 아내가 아이의 얼굴에 베개를 대고 누르고 있었다. 그는 등을 돌리고 눈을 감았다. 진작 했어야 할 일이었다.

아침이 밝았다. 아내가 아이를 업고 아침을 차리고 있었다. 바보같이, 그걸 못해서.

아내는 아이를 묶어 두고 일을 나가기 시작했다. 밤에는 수면제를 먹여 재웠다. 독한 약에 위장이 망가지며 아이는 점점 야위어 갔다.

차라리 죽기를 바랐다.

광산이 무너져 광부 10여 명이 매몰되었다. 전부터 지지대가 약하다고 이야기했으나 관리자는 받아들이지 않았다. 얼마 뒤 관리자는 매몰된 광부들이 안전 수칙을 지키지 않아서 생긴 사고라고 발표했다. 광부들, 죽은 광부의 아내들이 삽과 곡괭이를 들고 관리자의 집으로 향했다. 관리자는 찢기고 다져졌다. 혁명의 시작이었다.

광부들은 냄비를 북 삼아 두들기며 행진했다. 요란한 소리에 아이가 기어가서 문을 열었다. 아이는 묶인 줄이 허용하는 선인 문간에 앉아 깃발을 들고 행진하는 사람들을 보며 까르르 웃고 손뼉을 쳤다. 누군가 그 모습을 사진으로 찍었고, 황제의 군대가 광부들과 광부의 아내들을 모두 죽여 시위를 진압한 뒤 이를 신고했다.

그는 누가 신고했는지 끝내 알아내지 못했다. 하긴, 자기라도 누가 그러는 걸 봤다면 신고했을지도 모른다. 몇 푼 안 되는 포상금이 절박할 만큼 다들 병들고 가난했다.

군인들이 문이랄 것도 없는 판자를 발로 걷어차고 들어와 딸을 잡아챘다. 그리고 앙상한 다리를 쥐고 바닥에 패대기쳤다.

이후 부부와 공장 기숙사에서 살던 세 아이는 모두 강제 노역장에 끌려갔다. 세 아이는 같은 노역장에 배정되었는데 그중 한 아이가 탈출해 농민, 다른 광산의 광부, 공장 노동자들이 연합해 만든 혁명군에 가담했다. 그 일로 다른 두 아이는 고문을 받다 죽었다. 혁명군에 가담했던 아이는 얼마 뒤 실종되었다. 당시에 실종이란 시신을 찾지 못한 죽음을 일컫는 말이었다.

혁명군이 강제 노역장을 해방한 날 그는 자기에게도 무기를 달라고 말했다. 그는 누구보다 열성적으로 싸웠다. 이를 눈여겨

본 혁명군의 수장에게 뽑힌 그는 황족들을 제거하는 일에 앞장설 기회를 잡았다. 혁명군의 키는 커 봐야 1.5미터였으나 황제의 병사들은 2.5미터, 황제는 5미터가 넘었다. 보통 사람들도 사과나무를 쓰면 커질 수 있지만 어려서부터 체구를 키운 자들과 달리 골격이 약해 대부분 2미터가 한계였다. 수적 우위만으로는 황제 측의 압도적인 화력과 체구 차이를 넘어서기 버거웠다. 황제는 자비 없이 공격했고 혁명군은 부대 단위로 학살당했다.

그러나 혁명군에게는 모든 생명에게 내재된 최우선 본능인 생존을 넘어서는 열망, 누구나 원하는 만큼 체구를 키울 수 있는 세상, 자기가 키운 사과나무를, 작물을, 공장에서 만든 물건을 자신과 자신의 아이들이 쓰는 앞날에 대한 갈망, 혁명을 향한 전진만이 존재했다. 나를 죽이는 것은 너희 더러운 황족의 개들이 날리는 폭탄이 아니라 혁명이다. 나를 살리는 것은 음식과 물, 공기가 아닌 혁명이다. 병자가 일어나 칼을 잡았다. 병에 죽지 않으리라, 혁명에 죽으리라. 노인이 일어나 총을 쥐었다. 시간에 죽지 않으리라, 혁명에 죽으리라. 여자들이, 아이들이, 무기가 있으면 무기로, 맨손이면 맨손으로 혁명에 뛰어들었다. 혁명에 살고 혁명에 죽으리라. 전체 인구의 2.5퍼센트인 황족과 귀족에 대항해 행성의 모든 이들이 들고일어났다. 혁명이 아니면 차라리 멸종을!

행성의 땅과 물이 검게 물들었다. 눈 닿는 곳마다 시신의 밭이 펼쳐졌다. 발걸음마다 부러진 뿔과 시신이 차였다. 혁명군은 동지들의 시신을 넘어 오로지 전진했다.

마침내 쓰러진 황제의 피도 그의 피처럼 검은색이었다. 그는 자신의 키만 한 황제의 뿔을 망치로 내려치고 내려치고 또 내려쳤다. 뿔이 가루가 된 뒤에도 멈추지 않았다.

모든 황족이 죽었다. 축제 분위기 속에서 누군가 황제에게 딸이 하나 더 있다고 말했다. 그들은 오래된 기사를 검색했다. 분명 황비가 임신했고 딸을 낳았다는 기사가 있었다. 그런데 그 뒤로는 아무런 소식도 찾을 수 없었다. 그 무렵 기사를 면밀히 검색해 보니 황궁에서 여러 가십 기사를 만들어 내며 아이에 대한 관심을 지우려 한 흔적이 보였다. 그는 다른 혁명군들과 함께 숨겨진 황족을 찾아 나섰다. 그들이 사는 집을 장난감 집처럼 보이게 하는 거대한 황궁의 한 귀퉁이에 감춰진 문이 있었다. 부수고 들어간 문 안에는 어른의 옷을 입은 어린아이 같은 보모가 있었다.

"황족, 어딨어?"

괴수가 사납게 물었다.

보모는 그를 정면으로 마주하는 걸로 대답하지 않겠다는 의지를 드러냈다. 황족의 시중을 드는 자들의 키는 3~4미터였다. 황궁이 공격받은 뒤부터 제대로 음식을 공급받지 못했는지 보모의 키는 1미터 80센티미터 정도로 줄어 있었으나 황족의 개답게 뼈는 강철처럼 단단했다. 그는 그 뼈를 하나하나 부쉈다.

"어디 있어?"

보모는 온몸이 박살 나 죽는 쪽을 택했다.

그는 황족보다 황족에게 빌붙는 자들을 더 증오했다. 이 꼴이 되어 죽도록 입을 다물어? 충성을 바칠 대상은 황족이 아니라 혁명이었다.

괴수는 죽은 보모의 뿔을 가루로 만들었다.

황궁에서 일하던 자들이 모두 죽어 보모의 이름을 알 길이 없었다. 마지막 황족은 존재조차 지워졌던 아이였다. 그래도 누군가는 이 방에 음식과 물을 들였을 터였다. 아직 죽지 않은 황족의 개들을 하나씩 족친 끝에 보모의 신원을 찾고, 통장과 각종 기록을 통해 마지막 황족이 지구로 보내졌다는 걸 알게 되었다.

그는 마지막 황족을 죽이러 가는 임무에 자원했다. 모든 황족을 죽여 혁명을 완수해야 했다. 그의 발밑으로 굴러오던 작은 뿔을 떨칠 수 있는 유일한 길, 혁명이었다.

"아이를 사랑해 주지 못했어."

괴수의 입에서 스스로도 생각지 못했던 말이 토해졌다. 사랑해 줘야 했다. 자신의 딸이었다. 그만 살고 죽길 바랐다. 눈앞에서 머리가 터져 죽었다. 그렇게 쉽게 한순간에 죽어 버렸다. 다섯 살이었다.

"우나를 죽이면 네 죄책감이 상쇄돼?"

"혓바닥 함부로 놀리지 마라."

자신의 고통, 죄책감, 상실감을 토막 뉴스처럼 대하는 문연수에게 괴수는 황족에 버금가는 살의를 느꼈다.

"지구까지 오는 일에 자원하고, 지구인의 눈을 속이는 건물을 만들고, 사과나무를 키우는 그 길고 험난한 일을 해낸 원동력, 우나의 다리를 잡아 똑같이 땅바닥에 패대기치고 싶어서, 맞잖아?"

"다섯 살이었어."

"우나는 열두 살이고 지적 장애아지."

황족이 우나를 숨긴 이유이자 우나가 살아남은 이유였다.

"황족이야."

혁명군에 합류한 뒤 그는 태어나 처음으로 공부라는 것을 했다. 가난은 그의 무능 때문이 아니었다. 황족과 귀족이 애초에 가난의 고리를 끊을 수 없는 구조를 만들어 부를 독식해 왔다. 딸의 치료비를 감당할 수 없었던 건 그의 잘못이 아니었다.

아내가 임신을 했다고 말했다. 그는 아내를 쳐다보지도 않고

"지워."라고 말했다. 일하느라 아이를 지우러 갈 시간이 없어서 낳았다. 아기가 그를 보며 방긋 웃었다. 양 뺨에 털도 제법 보송보송하게 나 있었다.

아이들은 자라며 모두 그를 무서워했다. 그는 술을 마셨고, 이따금 아내를 때렸다. 교육을 받으며 아내를 때리면 안 된다는 말을 들었다. 남자가 자기 아내를 왜 못 때린단 말인가?

누군가에게 폭력을 행사하는 이유는 폭력을 행사할 수 있기 때문이다. 황제와 귀족들이 그들의 고혈을 쥐어짠 이유는 황제는 하늘이 낸 자이고 평민은 황제를 받들어야 하는 존재라서가 아니라 황제에게 그럴 힘이 있기 때문이다. 남편이 아내를 때리는 이유 또한 아내가 무언가를 잘못해서가 아니라 단지 때릴 수 있는 육체의 힘이 있어서다.

황제가 자기들에게 한 짓과 같은 짓을 아내에게 했다는 말에 그만이 아니라 많은 남편들이 항의하고 분노했다. 어떻게 우릴 황제나 귀족과 같다고 말하는가? 우리가 가족을 먹여 살리기 위해 어떻게 살았는데? 걸음마를 떼기 시작한 후부터 밤낮없이, 휴일 없이 일, 일, 일로 점철된 삶이었다.

아내들 또한 혁명에 가담했다, 동등한 동지로 대우해야 한다, 하도 말하기에 더는 아내를 때리지 않았지만 여전히 그 말이 이해가 가지 않았다. 그의 아버지도 어머니를 때렸고, 할아버지도 할머니를 때렸다.

자기가 때릴 수 없다는 걸 알면 아내가 자기를 함부로 대하거나 무시할까 봐 걱정이 되어서 집에서 일부러 눈을 부라리며 어떻게 나오나 보기도 했다. 아내는 겉으로는 여전히 고분고분했지만 조금씩 달라지는 게 느껴졌다.

때리지 않고 어떻게 가르치나? 그는 아내만이 아니라 아이들도 때렸다. 아버지는 자기를 때렸고, 할아버지는 아버지를 때렸다. 하지만 그는 어린 딸에게는 손을 대지 않았다. 밤에 악을 쓰며 울어 대도 이불을 뒤집어쓰고 말았다. 아내가 알아서 업고 데리고 나가 달랬다. 그래도 울음소리가 들렸다.

애정이 있어야 때리기라도 하지, 아무짝에도 쓸모없는 것, 때려 봐야 자기 손만 아프다고 생각했다.

그런데 그가 아내와 아이들을 때린 게 애정이 있어서였나? 귀찮게 굴어서, 시끄러워서, 말을 안 들어서, 가장으로서 그를 제대로 대우해 주지 않아서, 술기운에 하는 짓이 거슬려서 때렸다. 얼굴에 멍든 아내와 아이들을 보면 좀 심했나 싶을 때도 있었지만 그뿐이었다.

이제 그의 아이들은 모두 죽고 없다. 가장 어린 딸이 가장 먼저 죽었다.

어느 날 방에 들어가니 아내가 뭘 감추는 듯했다. 설마 교육받으러 다니다가 웬 놈팡이랑 눈이 맞아 선물이라도 받았나 싶어 눈이 뒤집혔다. 억지로 뺏어 보니 딸을 신고한 자가 증거로 찍은 사진이었다. 군인들이 들어와 이 사진을 내밀었을 때 그는 자기 또한 그 자리에서 죽을 줄 알았다. 그렇게 표독스러운 삶인데도 죽는 게 무서웠다. 그러나 그들은 딱 아이만 원했다. 아이의 머리가 과일처럼 터졌다. 작은 뿔이 그의 발밑으로 굴러왔.

사진 속에서 바짝 야윈 딸이 웃고 있었다. 웃을 줄도 아는 아이였나? 기억 속 딸은 언제나 목이 쉬도록 울며 몸부림치는 모습이었다. 새벽같이 일어나 일을 나가야 하는데 잠을 잘 수가 없었다. 같은 처지인 이웃에게 어떻게 좀 하라는 소리를 수시로 들었다.

포상금만이 아니라 밤에 조용히 자고 싶어서 그 어린 것을 신고했을까?

부유한 자들, 황제와 귀족들도 아내나 자식에게 폭력을 행사한다고 들었다. 지적 장애가 있다는 이유로 부모의 손으로 방 안에 가둬져 존재조차 지워졌던 저 황족은, 한순간이라도 사랑받은 적 있을까?

보모. 보모는 저걸 사랑했다. 황제는 딸을 버렸으나 보모는 친

딸도 아닌 것을 위해 목숨을 바쳤다. 자신은 딸이 죽는 걸 그저 바라보고 있었다. 말리지도 살려 달라고 한마디 하지도 못했다. 그럴 새가 없었다. 변명에 불과했다.

가난하든 부유하든 아프든 건강하든 그는 아비 된 자의 마땅한 기쁨으로 딸을 사랑해야 했다. 좋은 병원에서 치료를 받게 하거나 윤기 흐르는 사과를 먹이지는 못하더라도 마음을 다해 사랑해야 했다. 그게 세상에 아비가 있는 이유 아닌가…….

빌어먹게도 문연수의 말이 맞았다. 그는 마지막 황족을 죽이고 그 뿔을 가루로 만들기 위해 지구에 왔다.

민재는 여자와 큰 괴수의 눈치를 살폈다. 아무 일도 벌어지지 않는 대치가 너무 길었다.

"내 다리 내놔."

괴수가 말했다.

"네? 네?"

민재는 기겁했다. 왜 갑자기 우주 괴수물에서 전설의 고향이 되는 거지?

여자가 민재 뒤쪽을 가리켰다. 민재는 괴수의 눈치를 보며 여자가 가리킨 방향을 곁눈질했다. 아까 여자가 자른 괴수의 다리가 보였다. 민재는 우나를 안은 채 엉덩이를 밀어 다리 쪽으로 다가갔다.

"으아으……."

민재는 질색하며 다리를 잡았다. 딱딱하고 무거웠다. 민재는 다리를 큰 괴수에게 밀었다. 괴수는 발을 뻗어 다리에 넣었다. 그러자 다리가 흡수되며 괴수는 다시 30센티미터 정도 더 커졌다.

괴수가 나무를 향해 몸을 돌릴 때 또 다른 회오리바람이 일었다. 그런데 보기만 요란할 뿐 실제 바람이 느껴지지는 않았다. 맨눈으로는 구분이 안 될 정도로 정교한 홀로그램 영상이었다. 회오리바람은 번쩍이는 황금 갑옷을 입은 거대한 괴수로 바뀌었다. 발끝부터 머리까지 3미터에, 보석으로 장식한 고깔을 씌운 뿔 길이만 1미터에 육박했다.

거대 괴수가 입을 열었다.

"테사."

"장군!"

괴수 테사가 홀로그램을 향해 오른쪽 무릎을 꿇었다.

"설마 마음이 흔들린 게냐?"

"……지적 장애아입니다."

"황족이다. 황족은 존재 그 자체로 구체제의 상징이야. 우리가 혁명을 이루기까지 흘린 피를 잊었는가? '혁명이 아니면 차라리 멸종'을 외치던 순간을 벌써 망각했나? 얼마나 많은 희생이 있었는가? 순간의 연민으로 검은 피로 질척거리던 땅을 밟고 이룬 혁명을 물거품으로 만들 셈인가? 황족의 만행으로 굶고 병들고 고문받아 죽어 간 이들을 기억하라. 마지막 황족만 죽으면 우리 행성은 다시는 황족의 위협에 시달리지 않을 것이다. 평화로우며 평등한 시대가 열릴 것이다. 나는 우리 행성에 다시는 그 어떠한 차별도 발생하지 않도록 할 것이다. 황족이 모두 사라져야 진정한 혁명이 시작된다. 마지막 황족을 처리하고 나면 우리를 억압한 귀족들을 남김없이 없앨 것이다. 그리하여……."

"거짓말."

민재는 자기 입에서 나온 말에 놀라 손바닥으로 입을 틀어막았다. 장군의 눈썹이 꿈틀거렸다.

"네게 협력하는 귀족들, 네게 돈을 바치는 귀족들은 살릴 거잖아. 이미 이름과 신분을 바꿔 준 귀족들이 꽤 되지 않나? 우나를 죽이려는 이유는 황족이 없어야 네 지위가 굳건해지기 때문이지. 어느새 몸에 금과 보석을 휘감았군. 너희 행성인들 다 평등하게 너처럼 뿔에 보석을 달아? 3미터 이상으로 키를 키울 수 있나? 너와 네 직속 수하들에게만 좋은 사과나무를 주고 있잖아."

문연수의 말은 거대 괴수를 향한 것이었으나 시선은 민재에게 꽂혀 있었다.

"행성인들이 나를 존경해 키를 키우지 않는 거다."

"거짓말."

민재가 또 말을 뱉었다. 그 즉시 또 온몸이 오그라들었다.

내가 미쳤나? 정체 모를 여자가 내 말에 동의해 줬다고 겁을 상실했나? 내가 어쩌자고······.

민재의 눈과 코에서 눈물과 콧물이 줄줄 흘러내렸다. 사장을 마지막으로 만난 날 이 말을 했어야 했다. "공허한 사실은 거짓말이에요. 자기 자신을 합리화하기 때문에 더 나쁜 거짓말이라고요!" 지렁이의 꿈틀거림에 불과할지라도 맞서야 했다. "또 누구에게 감언이설을 해서 인생을 걸고 도박을 하게 할 거죠? 사장님은 아무것도 잃지 않잖아요!"

"널 능가할 만큼 키를 키운 자에게 공공 작물 절도죄를 물어 사형에 처했지. 하지만 그자는 아무것도 훔치지 않았어. 이제 황족과 귀족이 없으니까 제한 없이 체구를 키울 수 있으리라는 데 들떠서 사과나무를 몸에 박아 댔지. 1년 치를 하루에 썼을 뿐 남의 사과나무는 건드리지 않았어. 감히 혁명군의 수장보다 큰 키를 용서할 수 없었던 거야, 너는."

민재에게 붙박여 있던 시선이 테사에게 돌아갔다.

"눈이 있으면 봐. 저 복장이 혁명군의 수장이 입을 복장인지, 황제가 입을 복장인지."

"내가 혁명을 이끌었어!"

거대 괴수의 목소리가 쩌렁쩌렁하게 울렸다.

"거짓말."

민재가 다시 말했다.

"넌 칼이었어. 머리를 쓴 자들, 민중들을 향한 연설문을 쓴 자들과 대치하고 있지? 그중 일부는 벌써 제거했잖아. 네 과격함, 검은 피와 죽음에 질려서 네게 등을 돌리는 자들 또한 죄목을 만들어 숙청하고 있지. 처음부터 권력이 욕심이었나, 자리에 오르니 마음이 달라진 건가?"

문연수가 거대 괴수를 향해 물었다.

"난 권력 따위 욕심 없어!"

"거짓말."

민재의 말에 문연수의 얼굴에 미세한 표정이 스쳤다. 애초에 거대 괴수가 아닌 민재를 노리고 한 질문이었다.

"난 혁명을 위해 모든 걸 바쳤어!"

놀랍게도 이 말은 진짜였다.

"진짜네요."

민재가 나직하게 말했다. 하지만 진실인지, 스스로마저 기만하는 경지에 오른 자가 하는 자기만의 사실인지까지는 민재도 파악할 수 없었다.

"네가 뭔데 감히 내 말을 가늠하려 드느냐? 테사, 왜 가만히 있지? 지금 저자들의 말을 믿는 건가?"

거대 괴수가 일갈했다.

테사는 문연수의 말을 귀담아듣고 있지 않았다. 우나의 행방을 쫓으며 테사는 지구와 슈뢰딘어라는 조직에 대해 알았다. 저 여자는 지구에 본거지를 둔 범우주적 사업체, 돈만 주면 어떤 일이든 처리해 주는 슈뢰딘어의 실장 문연수였다. 문연수의 입에서 나오는 말도 헛소리에 불과한데, 지나가던 지구인 나부랭이가 거짓말이니 진짜니 하는 말 따위는 들을 가치도 없었다.

그런데 장군이 저자들의 말을 믿느냐고 고함을 치는 순간 그의 마음에 파문이 일었다. 혁명군에 합류한 뒤 그는 무력한 한 사람에서 사냥꾼이 되었다. 장군의 어조에는 쫓기는 자 특유의 조급함이 깔려 있었다.

"네 목적은 우나였어. 그래서 지구인을 속이기 위한 눈속임 장치를 만들었지. 지구인은 그냥 지나쳐 가야 정상이야. 그런데 제대로 문을 찾아서 여기로 들어왔어. 참과 거짓을 간파하는 능력이 있는 거야."

 문연수가 담담하게 말했다. 믿든 말든 설득하지 않겠다는 투였다.

 "고향에 돌아가 장군이 하는 일을 보면 제 말이 맞는지 틀리는지 알게 되겠죠. 장군의 말이 사실이면 좋겠어요."

 민재가 줄줄 울면서 말했다. 사실이 아니라면 저 테사라는 우주 괴수는 자기보다 더한 절망에 빠지게 될 것이다. 그러길 바라지 않았다.

 테사는 그대로 붙박여 있었다. 어린 딸이 죽던 날, 그의 인생의 한 지점이 끝났다. 그리고 바로 지금, 그날 이후 지금까지 이어 온 시간이 또다시 붕괴되려 하고 있었다.

 혁명에 모든 걸 걸었다. 장군은 틀리지 않았다. 틀려서는 안 되었다. 그는 많은 황족을 죽였다. 죽어 마땅한 자들이었다. 황족은 어린아이들도 잔인했다. 시종을 채찍질하고, 굶기고, 죽으면 새 장난감 사듯 새 시종으로 교체했다. 황족임을 뻔히 아는데, 굳은살 하나 없는 몸에 거친 옷을 걸친 채 자기는 맹세코 황족이 아니라고 목이 터져라 외쳤다. 가증스러운 자들. 옷차림 따위로 가려질 줄 아는가? 그중 한둘쯤은 너무 먼 혈연이라 사실상 평민으로 살아왔거나, 자기에게 한 줄기나마 황족의 피가 흐른다는 사실을 아예 몰랐을 수도 있었다. 그게 어쨌단 말인가? 그의 아이들 또한 아무 잘못 없었다. 그의 아이들, 그 많은 사람들이 다만 평민이어서, 손쉽게 죽일 수 있다는 이유로 죽었다. 이제 황족의 차례였다. 황족은 모두 죽어야 했다. 하나 남김없이 모두 죽여야만 했다. 딸의 뿔, 제대로 먹지 못해 달걀 껍데기처럼 연약했던 뿔이 그의 발끝으로 굴러왔다.

돈에 의해 움직이는 자, 핍박받아 본 적 없는 꼬맹이의 말에 흔들리다니. 내 결심은, 각오는, 고통은 고작 이 정도였나?

모든 황족이 사라져야 제대로 이름 한번 불러 준 적 없던 어린 딸, 죽어 버린 위의 세 아이 같은 아이들이 다시는 생겨나지 않는다. 혁명은 완성되어야 했다. 그는 망치를 바투 잡았다.

문연수가 그를 막아설 자세를 취했다. 테사는 문연수의 몸짓에서 이번에는 자기를 죽여서라도 막으리라는 기세를 감지했다. 너 따위가, 돈 때문에 황족을 보호하는 자가, 날 봐주기라도 했다는 거냐?

그래, 실력이 대단하긴 했어. 그래서 그게 뭐? 여기서 죽으면 어떠한가? 혁명이 아니면 차라리 멸종을!

겁에 질린 우나가 지구인의 품으로 파고들었다.

지적 장애가 있는 어린아이를 죽인 가해자로 남으면 어떠한가? 문연수에게 가로막혀 죽으면 어떠한가? 혁명을 위해서라면 오명이나 죽음 따위 두렵지 않았다. 발목이 잡혀 공중으로 들어 올려지던 딸의 비명이 더 이상 들리지 않기만 한다면 뭐든 할 수 있었다.

"테사, 뭐 하는 거냐? 황족이 모두 죽어야 혁명이 완성된다!"

장군이 우렁차게 명령했다.

죽일 것이다. 죽여야 한다. 테사는 마지막 황족을 죽여야 한다고, 날개를 잡힌 잠자리처럼 미동도 하지 않는 자기 자신에게 반복해서 외쳤다.

"거짓말이야, 다 거짓말! 왜 나한테 거짓말해요? 내가 얼마나 열심히 했는데! 내 인생을 걸었어요. 나 진짜 열심히 했단 말이야 아아."

우나를 끌어안은 지구인이 오열했다. 우나가 지구인의 품으로 파고들었다. 황족의 개들이 그의 집 문을 박차고 들어왔을 때 그의 딸은 누구의 품에도 숨지 못했다.

"……내가, 잘못된 길을 걸은 건가?"

테사가 대상 없는 질문을 던졌다.

문연수는 고심했다. 그 어떠한 명분도 무고한 생명을 대가로 치를 가치는 없다. 무고한 희생이 없도록 해야 명분이다. 하지만 자식들을 모두 잃고 검은 피를 뒤집어쓰며 싸워 온 이에게 그런 원론적인 말이 먹힐까? 애초에 말이라는 게 의미가 있을까?

지성을 가지고 있는 존재, 지성체는 남의 말을 듣지 않는다. 지성체는 타인의 말에 쉽게 휘둘려 군중 심리에 휘말린다. 지성체는 모순적이었다.

설사 자기가 테사의 질문에 답을 하고 싶어도 몰라서 못했다. 그가 받은 테사에 대한 브리핑은 그의 일부일 뿐이었다. 하지만 테사를 죽이지 않고 우나를 살릴 수 있는 기회일지도 몰랐다. 문연수는 죽음을 싫어했다.

"그건 몰라."

문연수는 느릿느릿 뒷말을 이었다.

"하지만 우나를 죽인다고 혁명이 끝나지 않는다는 건 알아."

"왜? 마지막 황족이야!"

테사가 절규했다. 내가 마음 약해져서 혁명을 그르치는 건가? 아이 넷을 모두 잃었다. 그만 그런 고통을 겪은 것도 아니었다. 일가족을 모두 잃은 이가 지천으로 널렸다.

"계급을 없앤 건 혁명의 끝이 아니야."

"그럼 뭐가 끝인데?"

"그것도 몰라."

"그럼 네가 아는 게 뭐야?"

"끝이 아니라 시작이라는 것."

불현듯 까마득히 오래전, 그가 아직 어렸던 어느 날이 떠올랐다. 더럽게 배가 고팠다. 부모님이 퇴근하기만 기다렸다. 부모님이 음식을 가지고 돌아왔다. 허기가 가신 자리를 추위가 파고들었다.

계급이 사라진 자리를 무엇이 메우고 있는가?

순간 납득하기 어려웠던 명령들, 그러나 장군의 말이 옳다고, 그를 믿어야 한다고 자기를 다그쳤던 지난 일들이 하나씩 수면 위로 떠올랐다.

그래서 장군의 명령을 거역해야 하는가? 그건 장군을 부정하는 행위이자 아이들이 죽고 혁명에 뛰어든 이후 그의 모든 행적, 자기 자신의 존재 그 자체를 부정하는 일이었다.

"장군이 없었다면 혁명도 없었다."

테사의 목소리가 묵직하게 깔렸다.

"공은 공, 과는 과. 그 둘은 퉁치는 게 아니야."

문연수가 억양 없이 말했다. 그 말이 민재에게 와 박혔다. 매니저는 사장 덕에 데뷔라도 해 본 거라고 말했다. 정말 다른 기회는 없었을까? 설령 사장이 아니었으면 데뷔조차 못 해 봤을지라도,

그게 민재의 꿈을, 삶을 박살 낸 걸 정당화할 수는 없었다.

"마지막 황족을 죽여라, 테사."

장군의 목소리에서 테사는 우나를 죽이지 않으면 돌아가서 자신이 죽으리라는 걸 감지했다. 혹시 모른다는 생각에 사과나무에 몰래 감시 카메라를 달아서 그를 지켜본 장군이었다.

지구에서는 사과나무를 키울 수 없다. 흙은 모두 보트란-세카에서 가져온 것이다. 보트란-세카인이 자라는 데 사과나무는 필수다. 설령 어찌어찌 사과나무를 구해 몸을 성장시킨다 해도 정신은 어린아이에 머물 터였다.

어린 딸의 머리가 터졌다. 종잇장처럼 얇은 뼈가 굴러왔다. 테사는 자신이 죽는 순간에도 그 장면을 보리라는 걸 알았다.

민재는 홀린 듯이 테사가 사과나무에 들어가는 모습을 보았다. 문을 연 것도 통과되는 것도 아니고 그냥 스윽 들어갔다. 이어 민재는 바닥의 흙이 사과나무에 흡수되고, 그 흙 자체가 마치 원료인 것처럼 사과나무 아래에서 빛나는 광경을, 땅에 붙박여 있는 나무가 가지와 잎사귀로 날갯짓하며 날아오르는 자태를 턱이 빠지도록 입을 벌린 채 바라보았다.

우나가 뒤늦게 울음을 터뜨렸다. 민재는 어찌할 바를 모르고 그저 우나의 어깨를 다독였다.

"사과."

문연수가 말했다.

민재는 잠깐 무슨 소리인가 하다가 여전히 자기 손에 들린 사과를 우나에게 내밀었다. 우나는 계속 울지, 사과의 유혹에 넘어갈지 한참을 망설이다 느리게 손을 뻗어 사과를 잡았다.

"내려놔."

문연수의 말에 민재는 조심스레 우나를 내려놓았다.

"뒤로."

한 발 뒤로 움직였다.

"더."

한 발 더 물러섰다.

"더."

민재는 주저했다. 방금 전까지 같은 공포를 공유하며 함께 울던 아이를 두고 멀어지자니 마음이 편하지 않았다. 우나는 사과를 뺨에 가져다 대었다. 사과가 뺨을 통해 우나의 얼굴로 스윽 들어갔다.

"으아아아악?"

식겁한 민재가 저도 모르게 뒷걸음질 쳤다.

우나는 회오리바람으로 변했다가 다시 괴수의 모습으로 돌아왔다. 키가 아까보다 반 뼘 정도 자라 있었다.

"나도 먹고 싶다, 저 사과."

민재가 중얼거렸다. 민재의 공식 프로필 키는 171센티미터였다. 우나는 민재와 문연수를 번갈아 가며 보다가 민재를 택해 아장아장 걸어와 허벅지에 몸을 붙였다. 마치 문연수에게 야단맞을 걸 막아 달라는 몸짓 같았다. 민재는 우나의 등에 팔을 둘렀지만 그 이상 자기가 뭘 해 줄 수 있을지는 알지 못했다.

"왜 도망가지 않았지?"

문연수가 물었다.

민재는 천천히 현실 감각이 돌아오는 걸 느꼈다. 그렇게 울었는데 또 눈물이 터졌다.

"그, 그게…… 얘가 무거워서 안고 도망칠 자신이 없었어요. 그런데…… 애초에 안고 있지 않았다면 도망갔을지도 몰라요."

민재는 주먹으로 눈두덩을 훔쳤다. 부끄러웠다.

"정직하네?"

"거짓말 싫어해요."

"언제부터?"

민재는 눈을 끔뻑였다. 언제부터 거짓말을 싫어했는지를 묻는 것 같지 않았다. 생략된 말을 힘겹게 추론해, 참과 거짓을 언제부터 간파했느냐는 질문이라는 결론을 내린 민재가 대답했다.

"아주 어릴 때부터요. 저기, 아까 그 괴수는 어떻게 될까요?"

"순순히 혹은 강제로 숙청되거나, 새로운 싸움을 시작하거나, 이러지도 저러지도 못하고 좌초하거나."

문연수가 말했다.

민재는 어렴풋하게나마 문연수가 타인의 감정을 배려하지 않는 게 아니라, 단지 목소리와 표정에 감정이 잘 드러나지 않는 것 같다는 느낌을 받았다.

문연수의 눈이 바닥에 나뒹굴고 있는 맥주 캔과 훈제 치킨, 과자 따위에 꽂혔다.

"저거 먹고 나서 죽으려고 했어요."

민재는 눈물 콧물을 섞어 가며 자기 사연을 터뜨렸다. 한순간에 너무 많은 일이 몰아쳤다. 뭐든 말하지 않으면 가슴속에 폭탄이라도 든 양 몸이 폭발할 것 같았다.

"그래서?"

민재의 사연을 다 들은 문연수가 물었다.

"네?"

민재가 되물었다. 눈이 두꺼비처럼 부어서 앞이 잘 보이지 않았다.

"복수할래, 죽을래, 우리랑 일할래?"
 문연수가 마치 점심으로 햄버거, 짜장면, 김밥 중 뭐가 좋으냐고 물은 것처럼 민재를 바라보았다.

***

민재는 다른 슈뢰딘어 요원들과 함께 승합차에 앉아 있었다. 민재의 휴대 전화가 울렸다. 민재는 눈치를 살폈다.

"편하게 받아. 아직 도착하려면 멀었어."

민재 옆자리에 앉은 중년 남자가 말했다. 민재는 사죄하는 몸짓을 하며 전화를 받았다.

"어, 누나. ……잘 지내지. ……응, 그러게, 시간 참 빨라. 어느새 단풍이…… 아니, 추석이 오네. ……뭐? 고모가 아예 한국으로 돌아온대? 늘그막에는 가족들과 보내고 싶다고 했다고? ……자기 자식들 놔두고 왜? ……고모에게도 커밍아웃할 거라고? 굳이 왜……? 아, 그래, 그렇지. 응, 왜 자기 자신을 감추고 살아야 해. ……왜 나한테 화를 내? 난 누나가 여자가 아니라 외계인을 사귀어도 응원한다니까? ……거짓말이라니? 무슨 그런 섭섭한 말을 해! ……캐나다는 동성애자 많지 않나? 고모는 왜 그렇게 구식인지 몰라. ……맞아, 어디든 있지! 미안해, 내 말뜻은 커밍아웃한 사람이 많지 않나 하는 거였어. ……어, 남자고 번듯한 직장 다니는 내가 가서 누나 편을 들어 줘야지. 알아, 아는데…… 그게 회사에서 일이 터져서……. 누나도 뉴스 봤지? 합정 지하철역 지하에 외계인의 기지가 있다나 뭐라나. 그래서 지금 거기서 외계인 추종자들이 집회 열고 어쩌고 난리 났잖아. 우리 회사가…… 그러니까 일종의 중재를 하는 회사인데……. 어? 내가 저번에 멸종 위기에 처한 종을 보호하는 일을 한다고 했지? 그것도 맞아. 그러니까…… 여, 여러 가지 일을 하는데, 실장님이 이번 일에 내가 꼭 필요하다고……. 어, 그 예쁜 실장님. ……예뻐서라니?"

민재는 조수석에 앉은 문연수의 뒤통수를 힐끔 보고는 목소리를 낮췄다.

"아니야, 그런 거! 저기, 상품권 받았어? 애인과 1주년 기념으로 커플 구두 사라고……. 돈으로 바른다니? 무슨 그런 섭섭한 말을 해! 지금 내가 할 수 있는 최선을……."

간신히 통화를 마친 민재가 지친 한숨을 토했다. 문연수는 반듯한 자세로 미동도 하지 않고 앉아 있었다.

복수할래, 죽을래, 우리랑 일할래?

복수는 불가능했다. 설령 가능하더라도 JJ처럼 사장이 카리스마로 이끄는 회사에서 사장에게 문제가 생기면 소속 연습생들과 가수들은 어떻게 되겠는가? 아니, 그 전에, 자기가 복수해야 할 대상이 사장 맞나? 그의 인생이 꼬인 게 사장만의 잘못인가? 표절한 작곡가는? 그를 궁지로 모는 기사를 쓴 기자들은? 그걸 신기로 결정한 데스크는? 익명의 뒤에 숨어서 그를 비난한 사람들은? 사장의 제안을 거절할 방법은 없었을까? 단지 사장의 강요 때문이었나? 자기 욕심은 없었다고 말할 수 있을까?

영화처럼 악당이 명확하면 좋을 텐데……. 누군가의 인생에 지옥을 가져오는 건 한 명의 악당이 아닌, 다수의 선량한 사람들의 잘못된 판단일지도 몰랐다.

죽고 싶다는 마음도 더는 들지 않았다. 상상도 못 해 본 충격적인 일을 겪고 나니 죽으려고 했던 일이 더 비현실적으로 느껴졌기 때문이었다. 그렇다고 직전에 목격한 일을 뒤로하고 다시 앞날이 보이지 않는 현실로 돌아갈 엄두도 나지 않았다. 그런 중에 문연수가 동아줄을 내려 준 것이다.

성실하게 열심히 일할게요.

민재가 흐느끼며 대답했다.

민재는 자기 말을 지켜 열심히 배우며 일했다. 문연수 실장의 말은 뭐든 들었다. 누나는 민재가 문연수에게 반해서라고 생각하지만 그렇지 않았다.

　문연수가 그를 조금이라도 인간적으로 대했다면 어쩌면 설레는 마음이 일었을지도 모르지만 그런 일은 일어나지 않았다. 문연수에게 민재는 최소한의 책임감을 가지고 관리해야 하는 직원 중 하나일 뿐이었다. 문연수는 극소수의 사람만 자기 원 안에 들이는 유형이었고, 그 극소수에 민재는 들어가지 못했다.

　민재가 문연수의 지시를 충실하게 따르는 건 문연수가 자기를 살린 사람이자, 태어나 처음으로 자기가 참과 거짓을 간파한다는 걸 믿어 준 사람이기 때문이었다. 사람은 자기를 알아봐 주는 사람에게는 목숨도 바칠 수 있다지 않는가. 이건 진짜 있는 말, 어디 틀린 데 없는 말 맞겠지? 근데 누가 한 말이더라? ……소크라테스?

　민재는 가방에서 얇은 상자를 꺼냈다. 상자 안에는 투명한 가면이 들어 있었다. 민재는 가면을 꺼내 얼굴에 대었다. 가면은 문어처럼 민재의 얼굴에 달라붙었다. 민재는 거울을 봤다. 40대 남자의 얼굴이 비쳤다.

　민재는 등받이에 등을 기댔다. 차창 밖으로 풍경이 과거처럼 빠르게 지나갔다.

| 작가의 말 |

 빌런(viallain)은 라틴어 빌라누스(villanus)로 농장(villa)에서 일하는 농민을 뜻하는 말입니다. 당시 지배 계급에게 농민은 개개인의 힘은 약하나 결집해서 반란을 일으키면 두려운 존재가 되는 이들이었죠. 약자가 강자에 맞서 저항하는 데에서 시작된 말이 현대에서는 악인이라는 뜻으로 자리 잡았다는 모순이 담긴 단어입니다.

 이 어원을 찾아보다가 문득 빌런은 사회악을 한 사람에게 전가하는 편리한 대상은 아닌가 하는 의문이 들었습니다. 더불어 빌런을 한 개인으로 상정해야 하는가를 두고 많은 고민을 했습니다. 악당이 한 명이라면 그 악당 한 명만 처단하면 될 것입니다. 하지만 세상은, 그리고 세상에 일어나는 많은 불합리한 일은 단 한 명의 악당을 처단하는 걸로 해결되지 않습니다. 매 순간 올바른 선택만을 하는 사람이 존재하지 않는 것과 같습니다. 빌런이 사회악을 대변하는 상징적인 존재일 때도 있지만 빌런을 단 한 명의 악당으로 상정한다면 불합리한 일들을 지나치게 단순화하는 게 아닌가 하는 고민이 들었습니다.

 나름의 숙고 끝에 만들어진 이 이야기가 독자 여러분에게 작은 즐거움을 주었기를 소망합니다.

미녀와 우주 괴수

매드 사이언티스트 김서윤

김이환

김서윤은 태양계에서 가장 똑똑한 중학생이었다. 겨우 중학교 2학년 나이인데도 지구에서뿐 아니라 태양계 전체에서도 따라올 학자가 없는 훌륭한 물리학자이자, 화학자이자, 생물학자였다. 초등학교 들어가기 전에 대학교 수학을 전부 끝냈고, 초등학생 때 이미 웬만한 박사보다 더 똑똑했고, 중학생이 되자 기존의 과학자들도 쉽게 이해 못 할 발명품을 만들었다. 문제는 서윤이 만든 1000개가 넘는 발명품은 쓸모 있는 것도 있었지만 대부분은 위험하다는 것이었다. 과학적인 성과는 뛰어나지만 너무 위험한 발명품을 끝도 없이 만든 나머지, 지구연합정부가 긴급회의를 소집해 서윤을 지구에서 추방하기로 결정할 정도였다.

 그래서 서윤은(그리고 서윤 아빠와 엄마도) 궤도 우주 정거장 도시로 쫓겨났다. 모든 도시가 서윤을 받아 주지 않았으나, 단 한 곳 '아그리컬처시티'는 서윤을 받아 주었다. 아그리컬처시티는 바나나를 생산해 태양계 전체로 판매하는 농업 도시로 유명했다. 아그리컬처시티의 시장은 서윤이 다른 발명은 하지 않고 단지 바나나 품종을 개량하는 연구만 한다면 받아 주겠다는 조건을 내걸었다. 서윤은 조건이 마음에 들지 않았으나, 부모님이 군말 없이 조건을 받아들인 터라 아그리컬처시티로 집을 옮겼다. 서윤 가족은 아그리컬처시티의 조용한 전원주택에서 만족스러운 생활을 하며 지냈다. 적어도 부모님은 그랬다.

하지만 서윤은 심심했다. 하고 싶은 연구를 못 하고 바나나 연구나 하려니 재미가 없었다. 우주를 이해하는 새로운 물리학 이론을 발견해서 평생 연구해 온 나이 많은 과학자들이 질투하게 할 수도 없었고, 제약 회사가 개발에 실패한 의약품을 만들어 내서 제약 회사 사장이 분노에 몸을 부들부들 떨게 할 수도 없다는 사실을 참기 힘들었다. 태양계에서 가장 훌륭한 과학자가 연구를 마음대로 못 하다니 이런 인력 낭비가 또 있을까? 지구에 있는 친구들도 못 만나서 답답했다. 친구들은 다들 학교 공부로 바쁘다며 아그리컬처시티로 찾아오지 않았다. 서윤은 아그리컬처시티엔 친구가 없었다. 학교도 다니지 않아서 학교 친구도 없고, 동네 친구는 애초에 별로 궁금하지도 않았다. 보나 마나 서윤만큼 똑똑하지 않을 테고 말도 통하지 않을 것이다. 아그리컬처시티가 농업 도시인 만큼 농업에 관심이 있지, 서윤처럼 물리학이나 화학을 좋아하는 아이는 없을 거라고 생각했다.

오늘은 서윤의 열네 살 생일이었다. 그런데 찾아오는 친구가 없어서 섭섭했다. 서윤은 창밖을 내다보며 한숨을 쉬었다.

"생일에 놀러 오기로 했으면서!"

지구에서 쫓겨나기 전에는 친구들이 자주 집에 찾아왔다. 아그리컬처시티로 이사 온 다음에는 친구들이 너무 거리가 멀다면서 화상 전화만 걸었다. 지구에서 우주선을 타고 궤도 정거장까지 오려면 몇 시간씩 걸리니까 서윤도 이해했다. 그런데 생일에도 안 올 줄은 몰랐다. 서윤은 그래도 친구들이 자기를 깜짝 놀래 주려고 연락 없이 갑자기 나타나지 않을까 상상하며 창밖을 내다보았다. 마당에 우주선이나 자동 주행 자동차가 나타날 기미는 보이지 않았다. 늘 그렇듯 거대한 다이슨 구조인 궤도 정거장 아그리컬처시티 내부만 보일 뿐이었다. 도시는 둥그런 원통형 모양의 거대한 우주선 안에 있었다. 원통 안쪽 옆면이 땅이었기 때문에 위를 올려다보면 하늘이 아니라 위쪽의 땅이 보였다. 원통 중심에서는 인공 태양이 빛을 냈다. 빛을 지구 시간에 맞춰 조절해서 밤과 낮 길이는 지구와 똑같았다. 계절은 1년 내내 바나나가 잘 자라는 여름이었다.

친구들은 왜 안 놀러 올까? 서윤 생각만큼 가까운 친구들이 아니었을까……? 서윤은 슬펐지만, 슬프지 않았다. 이런 일로 슬퍼하다니 말도 안 된다고 생각했다. 생일에 친구들이 놀러 오지 않았다고 슬퍼하는 건 어린아이들이나 하는 행동이었다. 서윤은 태양계 최고의 천재였고, 그런 유치한 감정을 가지는 건 있을 수 없는 일이었다.

그런데 집으로 들어오는 길목에 여자아이가 나타났다. 서윤은 흥분해서 소파에서 벌떡 일어났다. 통통한 여자아이가 집으로 걸어오고 있어서, 서윤은 지구에서 같이 독서 클럽을 했던 지우인 줄 알았다. 지우가 왔다면 지우와 친한 률아도 같이 왔을까? 서윤은 신이 나서 얼른 밖으로 달려 나갔다. 그런데 가까이 다가가 보니 지우가 아니었다.

서윤은 집에선 안경을 쓰지 않았는데 그래서 다른 사람을 지우로 착각한 것이었다. 서윤은 입고 있던 흰색 실험 가운 주머니에서 안경을 꺼내 쓰고야 지우가 아니라 처음 보는 아이라는 걸 알았다. 아이는 아이대로 서윤을 당황한 표정으로 바라보더니 역시 당황한 목소리로 손을 흔들며 인사했다.

"안녕?"

서윤은 부끄러움과 화가 치밀어 올라서, 인사를 받지도 않고 대뜸 물었다.

"너는 누구니?"

"나는 옆집에 사는 나나야. 혹시 설탕 빌릴 수 있니? 한 컵만 있으면 돼. 엄마가 요리하려는데 설탕이 떨어졌어."

"그래."

서윤은 몸을 돌려서 다시 집으로 들어갔다. 나나가 따라오는 동안에도 서윤은 모르는 사람을 친구로 착각했다는 사실에 부끄러워서 얼굴이 화끈거렸다. 서윤은 나나는 모를 테니 상관없다고 얼른 마음을 고쳐먹었다. 안경을 쓰지 않은 데다 나나가 지우와 키도 덩치도 옷차림도 비슷해서 착각했으니 자기 잘못이 아니라고 얼른 합리화했다. 내 잘못이 아니라 생일인데 오지 않은 지우 잘못이라고도 스스로 설득했다.

집으로 들어가 부엌에서 설탕을 찾는데, 조용히 있던 나나가 물었다.

"네 이름은 뭐니?"

"이름은 왜 묻는데?"

서윤이 퉁명스럽게 되묻자, 나나는 당황하더니 대답했다.

"왜냐니? 나는 이름을 가르쳐 줬잖아. 인사하면서 말했지? 옆집 사는 나나라고. 그런데도 네가 알려 주지 않으니까 묻지. 네 이름은 뭐야?"

"나는 유명한 사람이라서 아무한테나 이름을 가르쳐 주지 않아. 하지만 알려 줄게. 내 이름은 김서윤 박사야. 박사라는 호칭에 놀랐니? 나는 물리학자이고 화학자이고 생물학자야. 중학생인데도 박사라니 신기하지? 나는 엄청나게 똑똑해. 태양계에서 가장 똑똑하거든. 못 믿겠으면 인터넷에 검색해 봐."

"어……, 그래……. 설탕은 아직 멀었니? 빨리 집에 가야 해서…….."

박사라고 말했건만 나나는 전혀 놀라지 않고 오히려 시큰둥하게 되물었다. 서윤은 신경질이 났지만, 나나야 평범한 아이일 테니 중학생이 박사가 되기 얼마나 힘든지 짐작도 못 할 것이다. 서윤이 설탕이 어디 있는지 기억이 나지 않아 찬장 서랍을 전부 열고 뒤지자, 나나가 조심스럽게 물었다.

"집안일은 안 돕니?"

서윤은 버럭 화가 났다. 설탕이 어디 있는지 모를 수도 있지! 서윤은 집안일을 하기엔 자신이 너무나 똑똑한 아이이고 공부나 연구할 시간도 부족하다고 생각했으므로 집안일은 절대로 하지 않았다. 서윤은 퉁명스럽게 대답했다.

"집안일은 내가 하고 싶으면 하고 하기 싫으면 안 하는 거야. 설탕이 도대체 어디 있지……? 에라, 모르겠다. 그냥 설탕 제조기를 만들어 줄게. 오래 걸리지 않을 테니까 조금만 기다려."

서윤은 나나를 끌고 연구실로 갔다. 나나는 서윤의 연구실에 꽉 찬 기계를 보고 놀라서는 입을 다물지 못했다. 설탕 제조기를 만들 부품은 이미 있었다. 분자 추출 기계, 배터리, 모터까지 다 있었다. 서윤은 순식간에 기계를 조립해서 금방 설탕 제조기를 완성했다. 작은 정수기처럼 생겼는데, 위에 있는 버튼을 누르면 공기를 빨아들여서 분해한 다음 설탕으로 재조합해 아래쪽 관을 통해 설탕을 내보낸다. 서윤은 그 기계에 '공기분자추출당분합성화학제조기'라는 이름도 붙였다.

서윤은 발명품을 보고 나나가 무척 놀라고 기뻐할 줄 알았다. 대단한 과학자라고 칭찬할 줄 알았다. 그런데 나나는 얼빠진 표정으로 말했다.

"아무것도 안 넣어도 저절로 설탕을 만들다니 앞으로 설탕은 질리게 먹을 수 있겠구나."

"좀 적게 먹는 편이 좋지 않을까? 살 빼야지."

서윤은 별 뜻 없이 한 말이었다. 나나가 통통하니까 설탕을 많이 먹으면 건강에 안 좋을 것 같아서 한 말이었다. 그런데 나나는 화난 표정으로 서윤을 노려보더니 아무 말 없이 공기분자추출당분합성화학제조기를 들고 가 버렸다.

서윤은 나나가 왜 화가 났는지 이해가 가지 않았다. 뚱뚱하다고 해서 그랬을까? 그게 뭐가 문제일까? 틀린 말을 한 것도 아니지 않은가. 오히려 서윤이 도움이 될 만한 조언을 했는데 받아들이지 않은 나나 잘못이었다. 서윤 생각엔 그랬다.

하지만 며칠 후 서윤은 엄마한테 혼났다. 나나의 어머니가 공기분자추출당분합성화학제조기를 돌려주려고 집을 방문했고, 나나가 잔뜩 화가 났다는 말을 엄마한테 털어놓은 것이다. 엄마는 서윤을 혼내며 나나한테 사과하라고 말했다.

"서윤아, 사람한테 뚱뚱하다고 하면 안 돼."

"왜 안 돼요? 비만은 심각한 문제잖아요. 살을 빼는 편이 건강에 좋죠."

"비만은 문제지만, 나나는 비만이 아니고 설령 비만이라 하더라도 타인이 뭐라고 할 권리는 없어. 그건 예의가 아니야."

"나나랑 친하지도 않은데 예의를 지켜야 해요?"

"전혀 모르는 사람이라고 해도 예의는 지켜야지. 길에서 부딪친 사람한테 미안하다고 사과하듯이."

엄마의 말이 논리적이어서 서윤은 이해했다고 대답했다. 엄마는 이해로는 부족하고 서윤이 직접 사과해야 한다고 타일렀다.

"나중에 나나 만나면 미안하다고 사과해라. 마음에 상처를 입었을 테니까."

"상처를 안 입으면 되는걸요. 내 의견이 맞으면 받아들이고 틀리면 받아들이지 않으면 되잖아요."

"인간은 다른 인간의 말에 영향을 받아. 그게 다른 사람의 마음을 이해하는 방식이야. 엄마도 아빠도 네 친구들도 네 마음을 이해하니까 너도 다른 사람 마음을 이해해야지. 나중에 나나를 만나거든 꼭 미안하다고 사과하고 친하게 지내."

그것도 엄마의 말이 옳았기에 수긍했다. 서윤은 어째서 과학을 모르는 아빠와 엄마가 서윤보다 논리적일 수 있는지 이해가 가지 않았지만, 어른이라서 그런가 보다 생각했다.

서윤은 아이디어를 논리적으로 확장하는 상상을 좋아했다. 한 번 상상을 시작하면 시간 가는 줄도 몰랐다. 상상하면서 고양이 로봇 아이작에게 자기 아이디어가 어떤지 묻기도 했다. 아이작은 서윤이 심심할 때 대화하려고 만든 인공 지능 로봇으로, 서윤이 존경하는 과학자 아이작 뉴턴이 고양이를 좋아했기 때문에 서윤도 로봇을 고양이 모습으로 만들고 이름도 아이작이라고 지었다. 털이 오렌지색인 귀여운 고양이 아이작은 주로 서윤의 연구실에서 빈둥대며 시간을 보냈다.

서윤은 창가에 앉아 혀로 자기 꼬리를 핥고 있는 아이작에게 물었다.

"아이작."

"왜 그러세요, 서윤 박사님?"

서윤은 아이작이 항상 공손하게 대답하도록 프로그래밍했고, 그래서 아이작과 대화할 때마다 기분이 좋았다.

"시장이 내가 만든 새로운 바나나 품종을 보고 뭐라고 했어?"

아그리컬처시티의 시장은 서윤에게 바나나 껍질이 갈색으로 쉽게 변하지 않는 바나나를 만들어 달라고 부탁했다. 서윤은 그냥 갈색이 되지 않는 바나나보다는, 빨간색, 주황색, 노란색, 초록색, 파란색, 남색, 보라색으로 변한 다음 갈색으로 변하는 바나나가 더 좋을 것 같아 품종을 개발해 시장한테 보냈다. 아이작은 대답했다.

"왜 바나나 껍질이 보라색으로 변하냐고 물었어요."

"빨, 주, 노, 초, 파, 남, 보로 변한 다음 갈색으로 변하는 바나나라고 설명했어?"

"했죠. 그런데도 왜 보라색이 되냐고 했어요."

"시장도 참 멍청하네. 내가 문제를 해결했는데 왜 고마워하지 않지? 시장뿐 아니라 사람들은 다 그래. 나나도 그렇잖아. 내가 설탕 제조기를 만들어 줬는데 왜 고마워하지 않는 거야?"

서윤은 사람들이 자기 발명품을 싫어하는 이유를 고민했다. 서윤 같은 천재한테 문제가 있을 리 없으니, 분명 서윤의 발명품을 싫어하는 세상에 뭔가 문제가 있는 거였다.

"내가 멋진 발명품을 만들어도 발명품의 가치를 알아보지 못하는 사람들이 문제야."

서윤의 말에 아이작이 대답했다.

"그러면 그것도 박사님이 해결해야 할 문제라고 가정하고 도전하세요."

"세상이 내 천재성을 이해하지 못하는 문제를 내가 직접 해결하라고?"

"네, 박사님은 똑똑하니까 분명히 해결할 수 있어요."

서윤은 아이작의 제안을 듣고 한동안 생각에 빠졌다. 세상의 문제를 해결하려면 어떻게 해야 할까?

"일단…… 문제가 뭔지부터 정리하자."

나나는 왜 내 발명품을 고마워하지 않았지? 그건 나나가 나한테 화가 났기 때문이다. 왜 나나가 나한테 화를 냈지? 나나가 화난 이유는 내가 뚱뚱하다고 말했기 때문이다. 내가 나나에게 뚱뚱하다고 한 이유는, 반대로 내가 나나한테 화가 나 있었기 때문이다.

서윤이 나나한테 화가 난 이유는 친구들이 오지 않았기 때문이었다. 친구들이 생일에 온다고 말하고는 오지 않았으니까. 다들 바쁘고 거리가 멀어서 오지 못하는 사정은 이해했다. 하지만 그러면 미리 오지 않는다고 했어야지, 온다고 말하고 안 오는 건 문제였다. 그리고 나나가 집에 오는 바람에 서윤이 지우로 착각했다가 화가 난 것이다.

"문제는 친구들이 안 와서 일어난 거야. 아니, 온다고 하고선 오지 않은 게 문제야. 그러니까 친구들의 거짓말이 문제야. 그게 문제야."

"문제를 해결하려면 어떤 방법이 좋을까요?"

아이작이 묻자 서윤은 대답했다.

"사람들이 거짓말을 못 하게 만들어야지. 그러면 이런 일도 일어나지 않았을 거야. 사람들이 거짓말을 안 하면 문제가 일어나지 않을 테니까, 거짓말을 못 하게 하는 기계를 만들자. 그럼 문제도 일어나지 않아. 내 생각이 어때, 아이작?"

"박사님 아이디어야 언제나 훌륭하죠."

아이작이 꼬리를 핥으며 대답했다.

필요한 부품과 기계는 연구실에 있었다. 서윤은 선반에 있던 여러 기계 중에 뇌파 측정 기계를 먼저 꺼냈다. 그리고 사람이 거짓말을 할 때 활성화되는 두뇌 영역을 감지해서 그 부분의 작동을 막는 두뇌 무선 조정기를 연결했다. 사람들의 두뇌를 한꺼번에 스캔하고 데이터를 처리하는 연산 처리기도 연결했다. 기계를 작동하려면 전기가 많이 필요해서, 아그리컬처시티 발전소에 접속해 에너지를 가져오는 출력기도 연결했다. 도시 발전 시스템으로의 접근은 불법이었다. 하지만 서윤은 바나나 품종도 새로 만들어 줬으니 이 정도 쓰는 건 괜찮겠지, 라고 합리화했다. 거짓말을 못 해서 좋은 세상이 되면 다들 서윤에게 고마워할 거라고도 생각했다. 오랜만에 금지됐던 연구를 하니까 신이 나서 서윤은 열심히 기계 제작에 매달렸다.

서윤은 완성한 기계에 '뇌파단면조종접촉활성기'라는 거창한 이름도 붙였다. 이제 기계를 작동하면 아무도 거짓말을 못 할 거라는 생각에 서윤은 무척 뿌듯했다. 막 버튼을 누르려는데 문득 이런 생각이 들었다.

'잠깐, 기계가 작동하면 나도 거짓말을 못 하는 건가?'

그 생각이 들었을 때는 이미 버튼을 누른 다음이었다.

서윤은 오랜만에 재밌는 연구를 해서 기분이 좋았다. 거실에 누워 창밖을 내다보고 있는데, 집 앞에 나나가 나타났다. 나나가 다급한 표정으로 집을 향해 달려오고 있어서, 서윤은 무슨 일일까 생각했다. 살을 뺄 방법을 물으러 오는 걸까? 그렇다면 서윤은 나나에게 해 줄 만한 괜찮은 조언을 많이 알고 있었다.

나나는 헐레벌떡 문을 열고 들어오며 소리쳤다.

"서윤아, 뉴스 봤어? 도시 사람들이 이상해졌어."

뭐가 이상해졌는지 서윤도 잘 알고 있었다. 서윤이 뇌파단면조종접촉활성기를 만들어서 사람들이 거짓말을 못 하게 됐으니까. 서윤은 말했다.

"뉴스 안 봐. 텔레비전 볼 시간 없어. 연구하느라 바쁘니까."

"사람들이 거짓말을 못 해. 하면 안 되는 솔직한 말을 막 내뱉어. 사람들이 서로 뭘 물어보질 못해. 다들 솔직하게 대답하니까. 학교에서도 선생님과 아이들이 전부 상처 주는 말만 해서 수업이 진행이 안 돼. 학교도 일찍 파했어."

한참 떠들어 대는 나나에게 서윤은 대뜸 말했다.

"그거 내가 한 거야."

서윤은 뇌파단면조종접촉활성기를 만들어서 도시 사람들이 거짓말을 못 하도록 했다고 털어놓았다. 나나는 믿질 않았다.

"거짓말하지 마."

"방금 네가 네 입으로 사람들이 거짓말 못 한다고 했잖아. 나도 못 해."

서윤이 말하자, 나나는 되물었다.

"도대체 왜 그런 거야?"

더 멋진 이유를 대고 싶었지만, 거짓말을 못 하니 사실대로 털어놓을 수밖에 없었다. 친구들이 서윤 생일에 찾아오지 않았고, 나나를 친구로 착각했고, 그래서 거짓말 못 하는 기계를 만들었다고 전부 말했다. 말하지 않으려고 해도 멈출 수가 없었다.

나나는 어이없다는 표정으로 말했다.

"그날 네가 나를 보고 달려 나왔던 이유가 그거였어? 그리고 나한테 괜히 화를 냈고? 그래 놓고 네가 잘못했다고도 생각 안 하고? 나한테 뚱뚱하다고 한 이유도 그거야? 너 정말 이상한 아이로구나."

"내가 보기엔 네가 더 이상해. 내가 보기엔 세상 사람들 다 이상하지만. 왜 내 발명품을 고마워하지 않는지 모르겠어."

나나는 버럭 소리쳤다.

"고마워하고 뭐고 간에 도시를 원래대로 돌려놔! 이러다간 도시가 어떻게 될지 몰라."

"싫어. 뇌파단면조종접촉활성기는 훌륭한 발명품이야. 오히려 사람들이 나한테 고마워해야지."

"너 때문에 아이들이 다 마음에 상처를 받아서 울고 있어. 그런데 그냥 두겠다고?"

"마음에 상처를 입더라도 진실을 아는 편이 좋지 않을까?"

"네가 그렇게 고집불통이니까 친구들이 생일인데도 오지 않은 거야!"

나나가 소리쳐서, 서윤은 정말 기분이 상했다. 심한 말 하지 말라고 서윤이 소리치자, 나나는 말했다.

"내가 말하고 싶어서 하는 줄 알아? 네가 만든 그 기계 때문이잖아! 진실을 아는 편이 좋다면서? 그런데 솔직한 말 들으니까 기분 나쁘니?"

서윤도 나나도 화가 나서 계속 소리쳤지만 그럴수록 서로 상처 주는 말만 하고 상황은 전혀 개선되지 않았다. 그러는 사이 서윤의 아빠와 엄마가 집에 돌아왔다.

"아빠 엄마, 왜 일찍 퇴근했어요?"

"왜겠니?"

아빠 엄마는 동시에 서윤에게 따지듯이 묻다가, 그제야 서윤 옆에 있던 나나를 보고는 말했다.

"너는 이웃집 사는 나나지? 얼굴을 보긴 처음이구나. 우리 집엔 무슨 일이니?"

"서윤이랑 싸우고 있었어요."

거짓말을 못 하는 나나는 곧이곧대로 대답했다. 엄마는 한숨을 쉬면서 말했다.

"거짓말을 못 하니까 큰일이구나. 아그리컬처시티 시장이 우리한테 전화했어. 사람들이 거짓말을 못 하는 거, 서윤이 네가 한 짓 아니냐고. 너 도시 발전 시스템 사용했지? 그것도 시장이 알고 있어. 당장 원래대로 고쳐 놓아라."

시장이 전화까지 했다니 서윤도 더는 버틸 수가 없었다. 서윤은 대답했다.

"기계를 멈출게요."

서윤이 뇌파단면조종접촉활성기를 끄자, 그제야 도시 사람들이 거짓말을 할 수 있게 되었다.

"오늘 즐거웠어."

나나는 서윤한테 말하더니 흡족한 표정으로 중얼거렸다.

"이제 정말 거짓말이 되는구나."

그러고는 집으로 가 버렸다.

이후로 며칠 동안 뉴스에서는 사람들이 반나절 동안 솔직한 마음을 다 털어놓았던 이상한 현상에 대해 떠들었다. 그러다가 더는 뉴스에 나오지 않았다. 지구연합정부가 뉴스를 막았기 때문이었다.

지구연합정부는 외교관을 보내 서윤 가족과 면담을 요청했다. 화가 잔뜩 나서 찾아온 외교관에게, 서윤 부모님은 앞으로는 서윤이 절대로 기계를 발명하는 일이 없을 거라며 죄송하다고 거듭 사과했다. 외교관은 한 번만 더 이상한 기계를 만들면 경찰과 같이 올 테니 조심하라고 으름장을 놓고는 떠났다.

외교관이 돌아간 다음에는 아빠와 엄마가 서윤을 혼낼 차례였다. 다시는 이상한 기계를 만들지 말라고, 부모님은 화가 나서 말했다.

"여기서도 쫓겨나면 갈 곳이 없어! 태양계 밖을 떠다니는 우주선에서 혼자 살고 싶니? 한 달 동안 연구실 출입 금지. 마음 같아서는 네가 어른이 될 때까지 금지하고 싶지만 한 달만 하는 거야, 알았지? 이번에도 어기면 학교에 보낼 테니까 그렇게 알아."

"내가 학교에 왜 가요? 박사 학위가 있는데 학교에 다닐 이유가 없잖아요. 학교에선 배울 게 없어요."

서윤이 아무리 말해도 부모님의 고집을 꺾진 못했다. 한 달 동안 연구실에 들어가지 못했지만, 사실 연구실에 가지 않아도 연구는 얼마든지 할 수 있었다. 기계는 만들진 못해도 이론을 연구하면 되니까. 서윤은 종이에 연필로 아이디어를 쓰고 설계도를 그리면서 하루를 보냈다.

서윤은 뇌파단면조종접촉활성기의 실패를 만회할 멋진 발명을 하고 싶었다.

"역시 이 문제도 해결해야겠지?"

서윤이 혼자 중얼거리자 아이작이 물었다.

"무슨 문제 말씀이신가요, 박사님?"

"뇌파단면조종접촉활성기가 실패했잖아. 뭐가 문제였을까?"

"박사님은 태양계 최고의 천재인데 실패할 리 없잖아요."

"아니야, 실패였어. 세상을 더 좋은 곳으로 만들려고 기계를 발명했지만 세상을 더 혼란스럽게만 했잖아."

"그렇다면 기계가 문제가 아니라 다른 게 문제였을 거예요."

기계도 문제가 아니고 사람도 문제가 아니고 서윤 문제도 아니라면 뭐가 문제일까? 서윤은 종이에 쓰면서 생각을 정리했다. 사람들이 거짓말을 못 하게 했는데, 그게 좋은 효과를 내진 못했다. 나나도 화가 났고, 나나가 솔직하게 말해서 서윤도 화가 났다. 지구연합정부도 화가 났고, 아그리컬처시티 시장도 화가 났고, 아빠도 엄마도 화가 났다. 화가 난 이유는 뭘까? 거짓말을 해야 하는데 거짓말을 못 하게 됐기 때문이었다.

"사람들은 왜 거짓말을 하지?"

필요한 거짓말도 있다. 굳이 드러낼 필요 없는 진실을 감추는 거짓말은 필요했다. 하지만 나쁜 거짓말이 문제였다.

"좋은 거짓말도 있어. 그것까지 못 하니까 나랑 나나도 계속 말싸움을 한 거야. 하지만 아주 나쁜 거짓말은 해선 안 돼. 세상에는 필요한 거짓말과 불필요한 거짓말이 있는 거야. 어느 게 필요하고 어느 게 그렇지 않은지 구분하는 기준은 뭘까?"

사람들이 나쁜 거짓말을 하는 이유는 뭘까? 마음이 나쁘니까 거짓말을 하는 것이다. 그러니까 나쁜 사람이 문제였다. 거짓말은 나쁘니까 하지 말라고 분명히 가르치는데도 듣지 않는 사람들. 이 사람들이 하는 거짓말이 문제였다.

그럼 나쁜 사람을 어떻게 하지? 나쁜 사람은 없애야 한다. 나쁜 사람이 세상에서 사라지면 문제도 없어질 것이다. 그럼 착한 사람들만 남고 거짓말을 할 필요도 없다. 다들 착하니까 나쁜 거짓말은 하지 않을 것이다. 그럼 나나가 화를 내는 일도 없고 시장이나 아빠 엄마가 화를 내는 상황도 없을 것이다.

서윤은 신이 나서 외쳤다.

"나쁜 사람을 없애자!"

"좋은 아이디어예요, 박사님."

아이작도 몸을 쭉 늘여 기지개를 켜며 찬성했다.

서윤은 신이 나서 당장 연구실로 달려가 기계를 만들었다. 부모님이 연구실 출입을 금지했지만, 그건 기계가 얼마나 훌륭한 아이디어인지 모르기 때문이다. 나쁜 사람을 없애는 기계를 만들어서 세상을 바꾸고 나면 부모님도 이해하겠지. 아그리컬처시티 시장도 지구연합정부도 이해할 것이다. 서윤은 의기양양하게 중얼거렸다.

"나처럼 훌륭한 과학자도 없어."

하지만 나쁜 사람을 완전히 없애고 싶진 않았다. 사람을 죽이는 건 나쁜 짓이니까. 세상을 좋게 만들려고 나쁜 일을 하는 기계를 만들 수는 없었다. 나쁜 사람을 어떻게 처리하면 좋을지 아이작에게 물어보려는데, 아이작은 잠들어 있었다.

"맞아! 잠을 재우자!"

그러면 된다. 잠들어 있으면 거짓말도 못 하겠지. 나쁜 사람은 조용히 잠이나 자라고 하자. 그러면 세상은 훨씬 좋은 곳이 될 것이다. 좋은 사람과 나쁜 사람을 구별하는 기준은 뭘까? 법을 어기려고 나쁜 마음을 먹는 사람이 나쁜 사람이라고 서윤은 결론을 내렸다. 서윤은 뇌파단면조종접촉활성기를 응용해서, 두뇌 스캔 장치에 뇌파 분석 장치와 수면 기계를 연결했다. 계속 기계를 연결하다 보니 뇌파단면조종접촉활성기보다도 사용하는 전기가 훨씬 많았다. 다시 아그리컬처시티의 발전기를 해킹할 순 없었다. 서윤은 직접 반물질로 전기를 생산하는 발전기를 만들어 결합했다.

다른 기계를 만들 때보다 더 많은 기계를 꺼내 쓰느라 연구실을 온통 헤집어 놓았다. 기계를 거의 완성했을 때 갑자기 아빠와 엄마가 들어와서 물었다.

"너 또 연구실에서 엉뚱한 기계나 발명하고 있니?"

서윤이 쿵쾅거리고 있으니 수상해서 와 본 것이다. 연구에 열중한 나머지 시끄러운 줄도 몰랐던 서윤은 얼른 거짓말을 했다.

"아니에요. 청소하고 있었어요."

"연구실은 그만두고 네 방부터 어떻게 해 봐라."

서윤이 연구실 청소가 끝나면 방 청소도 하겠다고 둘러대자 아빠도 엄마도 곧 연구실을 나갔다. 서윤은 기계를 완성하고 이번에도 '뇌파수용비자율수면유도기'라는 근사한 이름을 붙였다. 부모님한테 들키기 전에 얼른 기계를 작동했다. 이번에는 서윤 자신은 기계에 영향을 받지 않도록 하는 것도 잊지 않았다. 기계를 작동하고 거실로 나왔더니, 아빠와 엄마가 늘어지게 하품을 하고 있었다.

"아빠 엄마, 졸려요?"

"그러게. 낮잠을 잠깐 자야겠다."

부모님은 소파에 눕더니 바로 잠이 들었다. 서윤이 아무리 흔들어도 일어나지 않았다.

"아빠 엄마가 나쁜 사람이었어?"

부모님은 나쁜 사람이 아니었다. 좋은 사람과 나쁜 사람의 기준을 잘못 세웠나? 어쩌면 좋지? 서윤은 창밖을 내다보며 고민에 빠졌다. 그래도 나쁜 사람이 다 잠들면 세상이 좋아질 테니 그다음에 깨우자고 생각하고 있을 때였다. 누군가 집을 향해 달려왔는데, 아니나 다를까, 나나였다. 잠들지 않은 걸 보면 나나는 나쁜 아이는 아니구나, 서윤은 생각했다.

나나는 집으로 들어오더니 울면서 말했다.

"우리 엄마 아빠가 이상해. 아무리 깨워도 일어나지 않아."

"병원에 전화하지 그래?"

전화해도 소용없겠지만. 서윤은 생각했다. 나나 부모님도 나쁜 사람이었을까? 나나한테야 미안한 일이지만 좋은 세상을 만들기 위해선 어쩔 수 없었다. 나나는 어쩌면 좋을지 모르겠다면서 계속 울었다.

"병원도 전화를 안 받아. 도대체 무슨 일일까?"

나나는 거실 소파에 잠들어 있는 서윤 부모님을 발견하고는 물었다.

"너희 부모님도 잠들었어?"

서윤이 그렇다고 하자, 나나는 도시에 이상한 일이 일어나고 있다면서 당장 뉴스를 보자고 겁에 질려 말했다. 서윤은 그래서 뉴스를 틀었다. 도시 사람들이 일제히 잠들었다는 뉴스 속보가 방송 중이었다. 원인을 알 수 없는 질병 때문에 도시 어른 대부분이 잠들었고 아이들만 일부 깨어 있다는 소식이었다. 뉴스 진행자도 잠들어서, 인공 지능이 뉴스를 만들어서 방송하고 있었다. 서윤이 무심한 표정으로 뉴스를 보는데, 나나가 의심스러운 눈초리로 서윤을 보았다.

"너 혹시 이상한 기계 만들었니?"

"내가 뭘?"

"너 저번에도 거짓말 못 하는 기계 만들어서 사람들이 다 이상해졌었잖아. 이번에도 이상한 기계 만든 거 아니야? 당장 우리 아빠 엄마 깨워! 저녁에 우리 가족 외출하기로 했단 말이야!"

"너는 지금 놀러 가는 게 중요하니? 좋은 세상을 만드는 게 중요하지."

서윤의 말에 나나는 깜짝 놀라며 눈을 크게 뜨더니 목소리를 높였다.

"너, 뭔가 하긴 했구나? 뭘 한 거야? 무슨 기계 만들었어?"

서윤은 뇌파수용비자율수면유도기를 만들었다고 대답했다.

"그게 뭔데?"

"나쁜 사람을 잠들게 하는 기계야."

그게 나쁜 발명이라고는 생각하지 않는다고도 말했고, 나나 부모님도 나쁜 사람이기 때문에 잠든 거라고도 말했다. 오히려 서윤을 나쁘다고 몰아붙이는 나나가 잠들지 않아서 신기하다고도 덧붙였다. 당연히 나나는 서윤의 말에 버럭 화를 냈다.

"내가 나빠? 너야말로 나쁘지! 자꾸 이상한 발명품 만들어서 사고를 치잖아! 너는 왜 잠들지 않은 거야?"

"나같이 머리 좋은 사람이 나쁠 리 없어. 늘 합리적으로 생각하고 행동하니까 내 행동은 항상 옳아. 그리고 나는 뇌파수용비자율수면유도기에 영향을 받지 않게 설계했어."

뇌파단면조종접촉활성기를 만들었을 때 서윤 자신은 영향을 받지 않도록 설계하는 걸 잊었다가 고생했고, 이번에는 같은 실수를 하지 않았다고 말하려다가 그 말은 하지 않았다.

"그럼 내기할래? 네가 나쁜 사람인지 아닌지 기계로 알아봐."

나나가 외쳤다. 정말 보통 배짱이 아니었다. 서윤은 잘못 걸렸다는 불안한 예감이 들었지만, 똑똑한 자신이 내기에 질 리가 없다고 얼른 마음을 고쳐먹고 내기를 받아들였다.

"좋아! 나는 틀릴 리 없으니까. 절대로 나쁜 사람이 아닐 거야."

서윤은 자신도 영향을 받도록 뇌파수용비자율수면유도기를 조정했다. 그러자마자 바로 졸음이 쏟아지기 시작했다. 나나는 어이없어하면서 당장 기계를 끄라고 말했다. 서윤은 졸리지 않다고 반박했다.

"나는 졸린 게 아니라…… 그냥…… 졸린 거야……."

"졸려서 무슨 말을 하고 있는지도 모르는구나. 당장 기계 꺼!"

서윤은 비몽사몽간에 뇌파수용비자율수면유도기를 정지했다.

온 도시 사람들이 잠들었던 사건은 며칠 동안 계속 뉴스에 나왔다. 사람들이 거짓말을 못 했던 사건처럼 이상한 사건이었다. 두 사건 모두 원인을 찾지 못해서 사람들이 불안해했지만 어쨌든 무사히 수습됐고 이후로는 뉴스도 나오지 않았다. 아그리컬처시티는 정상으로 돌아갔다. 바나나도 무럭무럭 자랐다.

물론 지구연합정부와 아그리컬처시티 시장은 그렇게 생각하지 않았다. 시장이 전화해서 화를 냈고, 지구연합정부의 외교관도 경찰과 함께 찾아왔다. 서윤 부모님이 다시는 이런 일이 없을 거라며 한 번만 더 용서해 달라고 사정해서, 서윤이 경찰한테 잡혀가는 사태를 간신히 피했다.

그리고 부모님은 약속을 지켰다.

"내일부터 학교에 가라."

"싫어요!"

서윤이 싫다고 떼를 써도 소용없었다. 마음의 준비를 할 시간만이라도 달라고 사정했지만 부모님은 딱 잘라 당장 내일부터 가라고 명령했다. 아빠도 엄마도 단단히 화가 난 것이다.

"저번에 약속했잖아. 아이들과 어울리면서 다른 사람과 사이 좋게 지내는 방법을 배워. 이상한 기계를 만들지 않고 사는 법도 배우고."

그날 저녁, 가방과 학용품을 사고 학교에 입고 갈 옷도 사서 바로 다음 날 아침부터 학교에 갔다. 서윤은 실험 가운을 입고 학교에 가겠다고 했지만 부모님은 안 된다고, 다른 학생들처럼 평범한 옷을 입으라고 잘라 말했다.

학교 교장실에 서윤을 앉혀 놓고서 부모님은 교장 선생님과 서윤의 담임 선생님과 오랫동안 상담을 했다. 교장 선생님이 물었다.

"김서윤 학생은 이미 박사 과정까지 끝내서 학교에 다닐 이유가 없지 않나요?"

부모님이 대답했다.

"서윤이는 지식보다 더 중요한 걸 몰라요. 다른 아이들과 잘 지내는 방법이요. 그걸 배우려고 학교에 왔어요."

서윤은 또래의 아이들이 다니는 중학교 2학년 반으로 배정됐다. 그 반엔 나나도 있었다. 당연한 일이었다. 같은 지역에 사는 같은 나이대 아이들이 모인 곳이었으니까. 서윤이 손을 들어 인사하자 나나는 화난 얼굴로 딱 잘라 말했다.

"나 아는 척하지 마."

나나 부모님이 나쁜 사람이라서 잠든 거라는 서윤의 말에 아직도 화가 난 모양이었다. 살이 빠진 것 같다고 칭찬하려고 했는데 그 말은 꺼내지도 못했다.

서윤은 나나 말고 다른 아이들과 얼마든지 친해질 수 있다고 믿었다. 아이들이 뭘 모르는지 말해 주면 곧 똑똑한 서윤을 존경하고 숙제도 도와 달라고 할 줄 알았다. 그래서 수업 시간마다 열심히 아이들이 뭘 모르는지 지적했더니 아이들이 다 서윤을 싫어했다. 선생님한테도 수업 시간에 어떻게 하면 더 효과적으로 아이들을 가르칠 수 있는지 제안했더니 선생님도 서윤을 싫어하기 시작했다.

그래서 서윤은 학교에서 혼자 지냈다. 대화할 사람은 있었다. 학교에 동물을 데리고 와도 돼서 이런저런 반려동물과 같이 등교하는 학생들도 있었다. 나나도 해피라는 촌스러운 이름의 리트리버 강아지와 같이 왔고, 거북이나 앵무새를 데리고 오는 아이도 있었다. 서윤은 아이작을 데리고 갔다. 아이작과 이런저런 의논을 하고 종이에 여러 가지 새로운 기계 아이디어도 쓰면서 수업 시간을 보냈다.

서윤은 뇌파수용비자율수면유도기가 실패한 이유가 뭐였을

까 고민했다. 기계는 왜 서윤이 나쁜 사람이라고 판단했을까? 아무리 생각해도 서윤은 나쁜 사람이 아니었다. 서윤처럼 똑똑한 사람이 나쁜 짓을 할 리 없으니까. 그런데 서윤이 만든 기계는 서윤을 나쁘다고 판단했다. 뭐가 문제일까? 곰곰이 생각했지만 해답이 떠오르지 않았다.

서윤이 수업 시간에 그 문제를 고민하고 있을 때였다. 아그리컬처시티의 바나나 산업을 주제로 에세이를 쓰는 수업이었다. 학생들 모두 수업을 지루해했다. 서윤은 혹시 선생님이 해답을 알고 있을지도 모른다는 생각을 떠올렸다. 어른들은 간혹 서윤도 모르는 정보를 알고 있었다. 서윤 부모님도 똑똑하진 않지만 서윤이 미처 떠올리지 못한 해답을 주기도 했으니까, 어른인 선생님도 알 수 있을까 싶었다. 어차피 학생들도 수업을 안 듣고 있으니 물어도 되겠지 생각하고 손을 들고 물었다.

"선생님, 나쁜 사람과 착한 사람의 차이는 뭔가요?"

바나나 농업을 설명하던 선생님은 갑작스러운 질문에 당황했고, 학생들도 별 이상한 질문을 다 한다는 표정으로 서윤을 돌아보았다. 선생님은 머뭇거리다가 천천히 대답했다.

"글쎄, 어려운 문제네. 게다가 수업과 관련도 없고. 하지만 서윤이가 수업 시간에 처음으로 한 질문이니 들어 주지. 뭐, 수업 시간에 질문을 한 학생은 네가 처음이니까……. 나쁜 사람과 착한 사람의 차이라, 아마도 지나친 욕심이겠지? 어떤 사람은 욕심이 지나쳐서 나쁜 짓을 저질러서라도 원하는 대로 하려고 하지. 더 욕심이 지나치면 자기가 저지르는 잘못이 나쁜지도 못 깨닫지. 자기 욕심만 중요하니까."

선생님은 좋은 아이디어가 떠올랐다면서 말을 이었다.

"에세이 주제를 바꾸면 어떨까? 사람은 왜 욕심을 내는가, 이 주제로 에세이를 쓰자. 재밌겠지? 원래 주제로 할래, 아니면 바꿔서 할래?"

"바꾼 게 좋아요!"

학생들이 동시에 외쳤다. 바나나 농업은 재미없는 소재라고 싫어했다. 바나나 내다 파는 소재로 무슨 에세이를 쓰냐는 거였다. 서윤은 바나나 껍질의 색소 변화 과정에 대한 에세이를 100 페이지는 쓸 수 있었지만 다른 학생들은 그렇지 않았다. 나나마저도 서윤한테 질문 잘했다고 말할 정도였다.

집에 와서도 서윤은 사람들이 왜 욕망을 갖는지 고민했다. 서윤은 저녁 식사 시간에 부모님한테도 물었다.

"왜 사람들에겐 욕망이 있나요?"

엄마는 시큰둥한 목소리로 대답했다.

"네가 자꾸 이상한 기계를 만드는 욕망에 사로잡히는 것과 같은 이유지."

"제 욕망은 논리적이잖아요. 문제를 고쳐서 세상을 더 나은 곳으로 만들려고 하니까요. 하지만 다른 사람들은 욕망이 지나쳐서 나쁜 짓을 저지르고요."

"착한 마음으로 행동해도 실수는 할 수 있어."

아빠의 대답에 서윤은 말했다.

"저는 똑똑하니까 실수하지 않아요."

"똑똑하더라도 마찬가지야. 위대한 과학자도 간혹 실패하잖아. 네가 존경하는 과학자 뉴턴도 그렇지 않니? 뉴턴도 연금술에 매달렸잖아."

"당시에는 연금술이 허황된 과학이 아니었어요."

"하지만 나중에 알고 보니 의미 없는 연구였지. 최선이라고 믿고 행동했지만 실수할 때도 있기 마련이지. 그런데 왜 갑자기 욕망에 관해 묻니?"

서윤이 학교 수업 시간에 에세이를 쓰다가 궁금해졌다고 하자, 부모님은 무척 기뻐했다. 서윤이 학교에서 뭔가를 배울 줄은 미처 예상 못 했던 일이다. 기분이 좋아진 부모님은 철학 수업을 듣고 싶으면 지구연합정부에 문의해서 훌륭한 대학교수를 연결해 주겠다고 말했다.

그날 저녁 서윤은 문제를 거듭 생각했다. 똑똑한 뉴턴도 실수했다면 나도 실수를 할 수 있을까? 나는 잘못이 없다고 생각했는데 나중에 보니 잘못이었으면 어떡하지? 이 문제는 어떻게 해결해야 할까? 골똘히 생각에 잠겨 있는 서윤에게 아이작이 말했다.

"박사님은 똑똑하니까 어떤 문제도 해결할 수 있어요."

아이작의 말을 듣는 순간 방법이 떠올랐다. 똑똑한 사람도 실수할 수 있다면, 다른 똑똑한 사람과 의논하면 된다. 그러면 실수가 줄어들 것이다. 뉴턴도 뉴턴만큼 똑똑한 사람과 같이 연구했다면 실수가 없었겠지. 나도 나만큼 똑똑한 사람과 의논하면 된다. 서윤은 생각했다. 서윤은 기뻐서 아이작을 껴안고 말했다.

"아이작, 네 지능을 나만큼 높여야겠어. 너랑 의논하면서 연구하는 거야. 우리는 똑똑하니까 반드시 좋은 아이디어를 낼 거야."

"정말 좋은 생각이에요."

서윤은 얼른 두뇌를 스캔하고 데이터를 프로그래밍해 인공 지능을 만들었다. 아이작의 양전자 두뇌에 인공 지능을 이식하고 기존 데이터를 병합해 금방 아이작의 지능을 높였다. 서윤은 똑똑해진 아이작한테 기대에 찬 목소리로 물었다.

"기분이 어때, 아이작?"

그런데 아이작이 퉁명스럽게 대답했다.

"앞으로 다시는 이러지 마세요."

서윤은 깜짝 놀랐다.

"왜?"

"또 엉뚱한 발명을 했잖아요. 지구연합정부가 하지 말라고 했는데도요. 이렇게 계속 나쁜 짓을 하다간 태양계 밖으로 쫓겨날 걸요."

"나쁜 짓을 안 하려고 얼마나 애쓰고 있는데……."

아이작이 퉁명스럽게 말해서 서윤은 기분이 상했다. 하지만 아이작은 더 냉정하게 대답했다.

"또 엉뚱한 연구를 하는 실수를 했잖아요. 이전에도 똑같이 실수했듯이요. 뇌파단면조종접촉활성기도 실수였고, 뇌파수용비자율수면유도기도 실수였어요. 그러니까 박사님은 자꾸 실수를 되풀이하는 나쁜 사람이에요."

"나는 나쁜 사람이 아니야!"

"박사님은 매드 사이언티스트예요. 영화에 나오는 미친 과학자라고요. 영화에 나오는 다른 빌런들하고 똑같아요."

"내가 빌런이라고?"

서윤은 충격을 받았다. 자기가 슈퍼히어로가 하는 멋진 일이

나 방해하는 못된 빌런이라니. 아니라고 우기고 싶고 아이작에게 화를 내고 싶어도 그럴 수 없었다. 서윤만큼 똑똑한 아이작이 하는 말이니 다 옳은 말이었다.

"너는 나만큼 똑똑하니까 일리 있는 말이겠지……. 이제 어떻게 하지?"

"앞으로는 연구하지 말고 기계도 만들지 마세요."

"알았어."

서윤은 정말로 앞으로는 연구도 하지 말고 기계도 만들지 말자고 다짐했다. 그런데 아이작의 제안은 그걸로 그치지 않았다.

"하지만 만들 거죠? 또 아이디어가 떠오르면 냉큼 만들 거잖아요. 방금 실수했듯이 또 실수할걸요."

"그럼 어떡해?"

"좋은 방법이 있어요. 기계를 만들지 못하게 아예 박사님의 지능을 낮추는 거예요."

아이작의 제안은 그럴듯했다. 기계를 만들 수 없을 정도로 지능을 낮추면 만들려야 만들지 못할 것이다. 하지만 머리가 나빠지면 학교 공부는 어떡하나? 아이작은 그건 자기가 도와주면 된다고 말했다.

"내 말대로 하면 절대로 이상한 발명을 하는 실수를 저지르지 않아요."

"그래, 네 방법이 좋을 거야. 너는 나만큼 똑똑하니까."

그래서 아이작이 시키는 대로 지능을 낮추는 기계를 만들었다. 뇌파단면조종접촉활성기와 뇌파수용비자율수면유도기에서 사용한 기술을 조합해서 서윤이 두뇌를 너무 많이 사용하면 바로 뇌 일부분이 잠들도록 하는 기계를 발명했다. 그래서 '뇌파단면접촉수용비활성기'라고 이름 붙였다. 기계를 작동하자 서윤은 평범한 아이가 되었다.

서윤은 아이작이 시키는 대로 집에서도 학교에서도 조용히 생활했다. 학교 수업 시간에 이것저것 묻거나, 다른 학생들이 하는 말이 틀렸다고 하거나, 선생님한테 더 나은 수업 방법을 말하거나 하지 않고 얌전히 수업을 들었다. 선생님이 물어보는 질문에 대답하고 숙제도 열심히 했다. 며칠이 지나자 학교 친구들도 차츰 서윤을 대하는 태도가 달라졌다. 특히 나나가 그랬다.

"너 요즘 이상하다. 얌전해졌다고 할까? 꼭 다른 아이를 보는 것 같아. 바나나를 너무 많이 먹었나?"

"아그리컬처시티에서는 바나나를 많이 먹어야 하니?"

"아니, 농담이야. 우리 도시는 바나나를 수출하니까, 가끔 이상한 행동을 하면 친구들끼리 '너 요즘 바나나 너무 많이 먹었냐?'

라고 농담을 해."

어느 날은 학교에서 나나가 갑자기 이것저것 묻기 시작했다.

"너는 어떤 기계도 다 만들 수 있니?"

"그렇지."

지금까지 어떤 기계를 만들었냐고 물어서, 서윤은 지금까지 만든 기계와 약품 같은 발명품을 죽 설명하고 어떤 논문을 썼는지도 말했다. 재미없어할 줄 알았는데 나나는 서윤의 말을 흥미롭게 들었다. 나나가 갑자기 심각한 표정으로 부끄러워하면서 말했다.

"요즘 살이 쪄서 고민이야. 살찐다고 부모님이 초콜릿도 빵도 젤리도 캐러멜도 전혀 못 먹게 하거든. 브로콜리는 너무 싫은데 자꾸 먹으라고 해서 괴로워. 그래서 그러는데, 살 빼는 기계도 만들 수 있어?"

당연히 서윤은 기계를 만들면 안 된다고 대답했다.

그런데 나중에 이 말을 들은 아이작이 나나한테 만들어 줄 수 있다고 다시 말하라고 조언했다. 그러면 나나도 좋아하고, 나나 부모님도 좋아하고, 서윤 부모님도 좋아할 거라면서. 서윤은 물었다.

"기계는 어떻게 만드는데? 나는 이제 지능이 낮아져서 못 만들잖아."

"내가 만들 테니까 박사님은 만들겠다고 나나 님한테 말만 하면 돼요."

서윤이 나나를 다시 찾아가 가능하다고 했더니 나나가 무척 기뻐했다.

서윤은 과거에도 살 빼는 기계를 만들려고 하다가 지구연합정부가 허가를 내주지 않아 포기했던 적이 있었다.

"음식을 먹고 남은 칼로리를 칼로리가 부족한 사람한테 전송하는 기계를 구상했거든. 뚱뚱한 사람은 살이 안 찌고 마른 사람은 살을 쉽게 찌울 수가 있어. 기억나? 너는 안 나려나? 혁명적인 기계인데 지구연합정부는 왜 싫어했는지 몰라."

아이작은 발을 핥으며 대답했다.

"그 아이디어를 다시 살려서 기계를 만들면 되겠군요."

서윤은 새로 기계를 만들 생각에 신이 났다. 아이작이 설계를 끝내고 서윤은 설계도대로 기계를 조립했다. 나나가 가지고 다닐 수 있도록 손에 쏙 들어가는 크기의 작은 직육면체 모양으로 만들었다. '열량배분신체관리측정기'라고 멋진 이름도 붙였다.

기계를 받은 나나는 무척 기뻐했다. 얼마 후 나나는 먹고 싶은 걸 아무리 많이 먹어도 살이 찌지 않고 오히려 빠지고 있다며 고맙다고 말했다. 이후 서윤은 나나와 아주 친해져서 학교에서도 항상 같이 다니고 서로 집에 놀러 가기도 했다. 서윤은 나나 숙제도 도와줬다. 아이작이 그러면 나나가 좋아할 거라고 조언해서 한 행동이었다. 나나가 숙제를 부탁하면 아이작이 대신 해 주고 서윤은 나나한테 가져다주기만 했다. 아이작 말대로 나나도 좋아했고 나나 부모님도 좋아했다. 나나 성적이 좋아졌다고 나나 부모님이 고맙다는 전화를 걸어 올 정도였다. 전화를 받고 서윤 부모님도 좋아했다.

집에서도 아이작의 조언을 받아들여서 행동했다. 아이작이 연구실과 방이 더럽다고 불평해서 청소도 열심히 했다.

"그럼 청소하는 기계를 만들까?"

서윤이 말하자 아이작이 기계는 절대로 안 된다고 해서 청소도 직접 했다. 부모님은 서윤의 행동을 이상하게 여기면서도 좋아했다.

"너 요즘 얌전해졌구나. 학교도 열심히 다니고 집에서도 연구만 하지 않고 청소도 하고. 이제 너 하고 싶은 연구를 해도 될 거 같아. 이상한 기계만 만들지 마라."

"연구 안 해도 돼요. 과학은 좀 천천히 발전해도 좋아요."

서윤은 어른들이 서윤에게 연구하라거나 기계를 발명하라고 말하면 이렇게 대답하라고 아이작이 가르쳐 준 대로 말했다. 부모님은 그 대답을 좋아했다.
"그래, 너도 좀 놀고 쉬고 그래야지. 그동안 너무 공부와 연구에만 매달렸어. 잘됐어."
부모님도 아이들도 나나도 선생님도 서윤을 좋아해서, 서윤은 아이작의 말을 듣기 잘했다고 생각했다.
얼마 후 금요일이었다. 부모님이 서윤에게 토요일에 깜짝 파티를 열 계획이니 집에 있으라고 말했다. 서윤은 어이가 없었다.
"그걸 알려 주면 서프라이즈가 아니잖아요."
"막상 파티가 열리면 깜짝 놀랄걸?"
"그러니까 엄마 아빠가 그걸 미리 말해 주면 하나도 안 놀랍잖아요."
아무튼 깜짝 놀랄 일이 있으니 기다리라고 해서, 서윤은 주말에 나나와 약속하지 않고 집에서 기다렸다. 파티가 열린다는 사실은 놀랍지 않았지만, 부모님의 호언장담대로 깜짝 놀랄 일은 있었다. 지구에 사는 친구들이 서윤 집으로 찾아온 것이다.
서윤이 거실에 앉아 창밖을 내다보고 있는데, 집 앞에 우주선이 도착하더니 친구들이 내렸다. 서윤은 신이 나서 친구들을 향해 달려갔고, 친구들도 반가워하는 얼굴로 서윤에게 달려왔다.

친한 친구 지우도, 지우 친구 률아와 하원도, 같이 독서 클럽 멤버였던 예준과 서율과 현이를 비롯해 열 명 넘는 친구들이 다 서윤을 만나러 온 것이다. 지우가 말했다.

"생일에 못 와서 미안해. 학교 공부에 시험에 숙제에 도저히 궤도 우주 정거장으로 올 시간이 없었어. 이제 좀 한가해져서 다 같이 일정을 맞춰서 왔어."

서윤이 싫어서 안 온 게 아니라 정말 바빠서 못 왔던 거였다. 친구들은 생일 선물도 가져왔고, 부모님은 미리 준비한 생일 케이크도 꺼냈다. 서윤은 친구들 사정을 잘 알지도 못하면서 괜히 미워했다는 사실이 부끄러웠다.

엄마 아빠가 들고 온 생일 케이크에는 8128이라는 숫자가 파란색 크림으로 쓰여 있었다. 서윤은 무슨 숫자인지 이해를 못 하고 이렇게 말했다.

"나는 8128살이 아닌데? 생일이 81년 2월 8일도 아니고."

서윤의 말에 친구들이 다 같이 웃더니 말했다.

"네가 좋아하는 숫자잖아. 완전수 말이야."

"완전수?"

"자기 자신을 제외한 약수의 합이 자기 자신이 되는 수잖아. 왜 모르는 것처럼 굴어?"

내가 그런 숫자를 좋아했나, 서윤은 생각했다. 머리가 좋을 때 그랬다. 큰 수를 무작위로 떠올리고 어떤 특징이 있는지 곰곰이 생각하는 걸 좋아하기는 했다. 하지만 머리가 나빠진 뒤로는 큰 수는 생각만 해도 머리가 복잡해져서 굳이 떠올리지 않았다.

친구들은 케이크를 먹으면서 그동안 무슨 책을 읽었고 어떤 책이 재미있었는지 신나서 말했는데 서윤은 할 말이 없어서 그냥 가만히 있었다. 그러자 지우가 물었다.

"왜 말이 없어? 우리가 읽은 책에 대해 말하면 네가 항상 재밌는 이야기를 해 줬잖아. 우리가 이해 못 한 어려운 부분도 설명해 주고 더 좋은 책도 추천하고."

률아도 말했다.

"맞아. 물리학하고 생물학은 네가 가장 좋아하는 화제잖아. 최근에 읽은 재밌는 논문 없어?"

학교에서는 서윤이 수업 시간에 자기가 아는 지식을 떠들면 아이들이 싫어했지만, 친구들은 서윤이 아는 걸 말해 주길 원했다. 하지만 머리가 나빠진 지금에는 할 말이 없었다. 서윤은 아이작이 준비해 준 대답을 했다.

"요즘은 쉬고 있어. 과학은 좀 천천히 발전해도 좋으니까."

부모님한테 통했던 대답이 친구들한테는 통하지 않았다. 지우가 말했다.

"너한테 그런 말을 들으니까 이상하다. 너는 늘 뭔가 연구하고 발명하고 있었으니까."

"나중에 흥미가 생기면 말해 줄게."

서윤은 이렇게 대답하고는 파티가 끝날 때까지 별말 없이 멀거니 있었다.

다음 날 엄마가 말했다.

"서윤이 너, 요즘 좀 머리가 나빠진 것 같아."

서윤은 뜨끔했지만 얼른 모르는 척했다. 서윤이 자신이 들킬 만한 행동을 했는지 고민하는데, 엄마가 다시 말했다.

"학교 성적도 떨어졌고. 시험 성적이 학년 평균이더구나."

머리가 나빠지니 시험 문제가 어려웠고 당연히 성적도 나빴다. 서윤은 학교 공부를 할 필요가 없어서 시험을 대충 봤다고 둘러댔다.

"중학교 과정은 어차피 다 아는 건데 시험 잘 봐서 뭐 해요."

"다 아는데 시험 문제는 왜 틀렸니?"

"그냥…… 문제를 대충 읽었나 봐요."

아빠도 서윤이 이상하다고 말했다.

"평소에도 이상해. 아빠가 보기엔 건망증이 생긴 것 같아. 너는 뭘 잊어버린 적이 없잖니. 머리가 나빠진 걸까? 혹시 모르니까 검사를 받아 보자."

검사를 받자는 말에 서윤은 당황해서 물었다.

"검사까지 받아야 해요? 아빠 엄마는 내가 머리가 나빠져서 싫으세요?"

서윤의 말에 아빠도 엄마도 웃음을 터뜨렸다.

"우리는 네가 안 다녀도 되는 학교에 다니느라 스트레스를 받아서 이상이 생겼는지 걱정돼서 그래. 검사는 받아 보자."

이후로 서윤은 기분이 좋지 않았다. 친구들과는 대화도 통하지 않고, 부모님은 검사까지 받자고 하다니……. 머리가 나빠지면 문제가 다 해결돼서 좋을 줄 알았더니 난감한 일이 여전히 일어났다. 친구와 아빠 엄마한테 계속해서 거짓말을 하니까 기분도 좋지 않았다. 가장 답답한 건, 머리가 나쁜 서윤은 자기 자신이 아닌 것같이 느껴졌다는 점이었다. 서윤은 친구들한테 과학 이야기를 할 때가 가장 신나고 재밌었다. 시험 성적 정도는 신경도 안 썼다. 그런데 더는 그렇지 않았다.

"나는 원래 똑똑한 사람이니까. 그것도 태양계에서 가장 똑똑한……. 하지만 이제는 아니야. 뇌 검사를 받으면 상황을 다 들키겠지? 이러다간 큰 문제가 생기겠어. 기계를 끄는 수밖에."

서윤은 결심하고 아이작에게 기계를 끄라고 명령했다. 그간 있었던 일을 아이작한테 말하고 원래의 똑똑한 서윤으로 돌아가겠다고 했다. 그런데 아이작이 말을 듣지 않았다.

"공부는 제가 알려 드릴게요. 시험 문제도 알려 드리고요. 뇌 검사는 피할 방법이 있을 거예요."

"아니야, 거짓말도 다 피곤해. 옛날로 돌아가고 싶어. 그다음에 다른 방법을 생각해야지."

그러자 아이작이 버럭 화를 냈다.

"그러게 왜 시험을 망쳤어요? 공부를 열심히 안 했으니까 그렇죠. 학교에서 공부를 열심히 해야죠!"

서윤도 지지 않고 소리쳤다.

"다 아는 걸 왜 공부해? 시끄럽게 굴지 말고 빨리 기계나 꺼."

"그러면 또 이상한 기계나 발명해서 문제를 일으킬 거잖아요!"

"지금도 문제가 해결 안 됐잖아. 그러니까 다시 똑똑해진 다음에 다른 방법으로 해결해야지."

"하지만……."

"기계 끄라니까! 아니, 너한테 명령할 필요도 없어. 네가 안 끄면 내가 직접 끄면 그만이야."

서윤이 기계를 끄려고 했더니 비밀번호가 걸려 있었다. 서윤은 아이작한테 정말 화가 났다. 아이작을 붙잡고 흔들면서 캐물었다.

"비밀번호는 언제 걸어 놨어?"

서윤이 윽박지르자, 아이작은 서윤이 예상 못 한 이상한 말을 하기 시작했다.

"나는 계속 똑똑하게 지내고 싶단 말이에요."

"누가 네 지능을 낮춘대? 내 지능을 높인다니까."

"박사님 지능을 높이면 결국 내 지능을 낮출 거잖아요."

"안 낮출 거라니까! 왜 내 말 안 들어?"

"나 혼자 똑똑해야 재밌단 말이에요. 박사님이 내 말대로 할 때가 좋아요. 내가 최고일 때가 좋다고요."

아이작이 그제야 속마음을 털어놓았다. 아이작이 언제 이렇게 말 안 듣는 이상한 고양이가 됐지? 서윤은 화가 났다. 버릇을 단단히 고쳐 놓겠다고 소리치자, 아이작이 되물었다.

"박사님도 마찬가지잖아요. 박사님 혼자 똑똑할 때 재밌었죠? 안 그래요?"

서윤은 멈칫했다. 똑똑할 때 재밌긴 했다. 서윤은 태양계에서 최고의 과학자였으니까. 다른 과학자나 연구 팀을 약 올리는 재미가 있었다. 그래서 자꾸만 이상한 발명을 하다가 지구에서도 쫓겨났다. 지금 아이작은 그때의 서윤처럼 자기가 최고라는 사실에 취해서 이성을 잃은 것이다. 서윤은 과거에 저지른 실수들이 하나하나 떠올랐다. 내가 말을 안 들을 때 부모님이 이런 기분이었을까? 지구연합정부의 외교관도 그랬을까? 지구의 과학자나 대학교수도?

서윤은 말했다.

"하지만 나는 너처럼 나쁘진 않았어! 나는…… 고집이 셌을 뿐이야."

"아니에요, 박사님은 나빴어요. 빌런이었잖아요."

"지금은 내가 아니라 네가 빌런이야! 당장 비밀번호 알려 줘!"

아이작이 서윤의 손에서 벗어나 도망갔다. 고양이라서 어찌나 재빠른지 도저히 잡히지 않았다. 서윤은 아이작을 처음 설계할 때 고양이와 가깝게 만들었던 과거를 후회하면서 아이작을 잡으려고 온 집 안을 돌아다녔다. 아이작은 창문을 넘어 집 밖으로 달아났다.

마당을 가로질러 달려가는 아이작을 보다가 서윤은 좋은 수가 떠올랐다.

"나쁜 사람은 잠드는 기계가 있었지! 고양이한테도 통할까? 이름이 뭐였지? 머리가 나쁘니까 생각이 안 나네."

연구실에 있던 뇌파수용비자율수면유도기를 찾아서 켜자 아이작이 달리다 멈춰서 졸기 시작했다. 서윤은 길에 쓰러져서 잠들어 있는 아이작을 집으로 데려와 목줄을 채웠다. 기계를 끄고, 아이작이 일어나자 다시 아이작을 혼냈다.

"당장 비밀번호 말해!"

"박사님이 좋아하는 숫자 8128이에요."

아이작의 말대로 8128을 누르려다가 서윤은 문득 아이작이 사실대로 말하는지 의심이 들었다. 그래서 또 좋은 수를 냈다. 이번에는 연구실에서 거짓말을 못 하게 하는 기계, 즉 뇌파단면조종접촉활성기를 찾아서 켠 다음 물었다.

"방금 알려 준 비밀번호 진짜야?"

거짓말을 못 하는 아이작이 대답했다.

"아니요. 기계가 아주 망가지는 자폭 번호예요. 진짜 비밀번호는 '아이작은천재다'예요."

서윤은 제대로 비밀번호를 넣어 기계를 껐다. 서윤은 다시 머리가 좋아졌다. 한 번만 용서해 달라는 아이작의 지능을 낮췄고 아이작은 곧 얌전하고 공손한 고양이로 돌아갔다.

아이작 때문에 진땀을 뺀 서윤은 내친김에 만들었던 기계들도 다 분해해 버렸다. 공기분자추출당분합성화학제조기, 뇌파수용비자율수면유도기, 뇌파단면조종접촉활성기, 뇌파단면접촉수용비활성기까지 전부 다. 그리고 다시 한번 굳게 다짐했다.

"앞으로는 진짜 이상한 발명을 하지 말아야지. 그러다가 무슨 일이 날지 몰라. 정말 발명을 하고 싶으면 깊이 생각하고 또 생각할 거야."

물론 발명이 어떤 결과를 가져올지 모른다. 다이너마이트도 핵무기도 그랬으니까. 그래도 대충 예상은 해야 한다. 과학자들은 그랬고 서윤도 본받자고 마음먹었다.

"과학의 발전은 항상 그래 왔으니까."

서윤은 자신을 고생시킨 아이작이 정말 미웠지만 다시 얌전한 고양이로 돌아가자 귀여워서 화를 풀었다. 아이작을 쓰다듬으며 창밖을 내다보는데 나나가 해피를 데리고 집으로 다가오고 있었다. 혹시 서윤이 여러 기계를 켰다가 꺼서 도시에 또 소동이 생겼나 싶었는데, 나나는 다른 일로 찾아온 거였다.

"네가 준 살 빼는 기계 말이야. 그게 문제가 생겨서. 덕분에 살은 빠졌는데, 그만큼 남은 칼로리가 다른 사람한테 간다고 했잖아? 나 대신 해피가 뚱뚱해졌어."

오랜만에 본 해피는 정말 덩치가 커져 있었다. 서윤은 해피가 뚱뚱한 건 아니라고 설명했다.

"칼로리가 부족한 사람한테 전송되는데, 네 주변에 부족한 사람이 없어서 해피한테 갔나 봐. 해피도 뚱뚱해진 건 아니야. 아마 해피가 원래 마른 편이었고 이제 정상 체중이 됐을 거야."

"그건 그래. 해피가 편식이 심하거든. 그래도 나 때문에 엉뚱한 해피가 고생하니까 걱정돼서 기계를 돌려주려고."

"그러면 해피가 아니라 칼로리가 더 필요한 사람에게 가는 다른 방법을……. 아니야, 그러지 말아야겠다."

서윤은 열량배분신체관리측정기를 더 좋게 수정할 방법을 고민하다가 그만두고 그냥 분해하기로 했다.

"엉뚱한 기계는 만들지 않는 편이 좋을 것 같아. 무슨 일이 일어날지 모르잖아. 앞으로는 뭐든지 한 번 더 생각해 보고 행동하기로 했거든. 이 기계도 없애는 편이 좋을 것 같아."

"그래. 그냥 내가 단 음식을 적게 먹어야지."

나나는 우울한 표정으로 대답했다. 나나를 보고 있으니, 서윤은 나나에게 살을 빼라고 했던 말이 떠올라서 미안하다고 사과했다. 해서는 안 될 말을 해서 미안했고 앞으로 주의하겠다고 하자, 나나는 괜찮다고 대답했다.

"벌써 오래전 일인걸. 네가 공부 도와주는 것만으로도 충분한데 이상한 기계까지 만들어 달라고 해서 내가 더 미안해. 내가 잠깐 머리가 어떻게 됐었나 봐."
 나나가 해피를 운동시킬 겸 같이 산책하자고 해서 서윤도 따라나섰다. 산책을 하다가 나나가 말했다.
 "소식 들었니? 저기 있는 바나나 농장에서 껍질이 무지개색으로 변하는 바나나를 키우고 있대."
 시장에게 보냈던 바나나 품종을 농장에서 심은 모양이었다.
 "그래? 같이 구경하러 갈까?"
 아그리컬처시티가 늘 그렇듯 밝은 햇볕이 내리쬐는 여름이었다. 서윤과 나나와 해피는 바나나 농장을 향해 천천히 걸었다.

| 작가의 말 |

　매드 사이언티스트라는 클리셰가 있습니다. 영화나 애니메이션에 가끔 등장하는 악당이죠. 하얀 실험 가운을 입고 연구실에 틀어박혀서 늘 뭔가 만들고 있고 가끔 시험관을 든 채 미친 듯이 웃기도 합니다. 그리고 위험한 발명을 해서 사람들을 위험에 빠뜨리곤 합니다. 매드 사이언티스트는 자기가 왜 빌런이란 걸 모를까요? 정말 모르는 걸까요, 아니면 나쁜 짓을 하는 줄 알면서도 행동을 고치지 못하는 걸까요? 빌런은 왜 나쁜 짓을 할까요?

　어떤 빌런은 그냥 나쁜 짓이 재밌어서 하는 것 같습니다. 어떤 때는 착한 사람을 질투하는 것도 같고요. 혹은 착하게 살 기회가 있는데도 자꾸 놓치는 것 같습니다. '악당은 왜 나쁜 짓을 하는가?'라는 질문은, '우리는 왜 착하게 살아야 하는가?' 또는 '어떻게 하면 나쁜 짓을 하지 않고 착하게 살 수 있는가?'로 이어지는 것 같습니다. 우리는 왜 착하게 살아야 할까요?

　청소년기는 '나는 누구인가?'라는 질문을 시작하고 그 대답을 찾으려고 하는 시기입니다. 이 짧은 소설을 재밌게 읽으면 좋겠고, 삶에 대한 여러 질문의 해답을 찾는 방법도 같이 고민해 보았으면 합니다.

매드 사이언티스트 김서중

휴대폰을 들여다보던 나는 마침 햄버거와 콜라를 가지고 자리로 오는 준혁 아저씨를 바라봤다. 개봉역 롯데리아는 늘 사람들로 붐볐지만 운 좋게 창가 자리를 잡을 수 있었다.

"돈도 내고 음식도 내가 픽업해 오고, 세상이 어떻게 돌아가는지, 원."

40대 남자의 꼰대 마인드를 팍팍 드러내는 준혁 아저씨는 푸짐하게 생긴 외모에 더 푸짐한 배를 가지고 있었다. 머리는 제대로 빗지 않아서 제멋대로 뻗어 있고, 본인은 새치라고 주장하는 흰머리가 간간이 보였다. 툭하면 코털을 뽑거나 손톱을 물어뜯고 코도 아무 때나 후벼 팠다. 하지만 나쁜 사람에게 피해를 주는 걸 정말 싫어했고, 일을 시키면 보수도 확실히 줬다. 패스트푸드지만 먹을 것도 잘 샀고 말이다.

준혁 아저씨를 처음 본 건 벌써 3년 전이었다. 개봉동의 한 아파트에서 벌어진 일가족 자살 사건의 배후를 파헤치는 데 도움을 주면서 알게 되었다. 이후, 탐정이자 추리 소설가를 자처한 준혁 아저씨는 여기저기에서 사건을 의뢰받았는데 의외로 잘 해결했다. 물론 나의 도움이 결정적이었지만 말이다. 부모님이 가출하고, 할머니는 알코올 중독으로 요양원에 들어가 있는 상태라 여동생을 책임져야 하는데 중학생인 나에게 일거리를 주는 어른은 없었다. 하지만 준혁 아저씨는 조수 노릇을 하면 확실히 돈을 챙겨 줬다. 그때부터 나는 〈셜록 홈스〉에 등장하는 왓슨처럼 준혁 아저씨를 도왔다. 물론 준혁 아저씨가 셜록 홈스라는 뜻은 아니다. 휴대폰을 들여다보던 내가 입을 열었다.

"오늘이 무슨 날인지 알아요, 아저씨?"

자리에 앉은 준혁 아저씨가 심드렁하게 대꾸했다.

"오늘이 4월 24일이지? 내 생일은 9월이라 아직 멀었는데."

나는 속으로 이 아저씨는 나이를 먹어도 여전히 철이 들지 않는 게 아니라 아예 철이 없어져 버리는 것 같다고 투덜거렸다. 물론 속으로만 그랬다. 하지만 준혁 아저씨는 이럴 때만큼은 예리한 촉이 발동했다.

"너, 속으로 이상한 생각 하고 있었지? 상태가 안 좋아 보여, 안상태."

나는 황급히 콜라를 마시면서 대꾸했다.

"아, 아니에요."

역시 속으로 더럽게 촉이 좋다고 투덜거렸다. 다행히 준혁 아저씨는 먹을 것을 앞에 두고는 다른 것에 오랫동안 관심을 기울이지 않았다. 포장을 벗긴 햄버거를 한 입 크게 먹은 준혁 아저씨가 쩝쩝거리면서 물었다.

"그러니까 진짜 무슨 날이냐고?"

나는 햄버거 포장을 벗기면서 대답했다.

"성폭행의 날이에요. 하루 동안 남자들이 여자들을 성폭행하겠다고 선포한 날이죠."

"그건 또 무슨 헛소리야?"

"틱톡이나 유튜브에서 퍼지는 가짜 뉴스예요. 21년에 영국에서 처음 시작되었다고 하더라고요."

이빨 자국이 난 햄버거를 내려놓은 준혁 아저씨가 아리송한 표정으로 얘기했다.

"말도 안 되는 소리 하지 마. 나라에서 그런 짓을 하라고 권장한다는 거야?"

"그러니까 가짜 뉴스라고 했잖아요. 그런데 진짜인 줄 알고 겁을 먹은 영국의 여학생이 자기를 지킨다고 칼을 가지고 등교한 적이 있었다고 해요."

"그런 헛소문이 퍼지면 단속 같은 거 안 하나? 본보기로 몇 놈 조지면 입 싹 다물 텐데."

나는 속으로 이 아저씨는 세상이 어떻게 돌아가는지 전혀 모르고 관심도 없다고 투덜거렸다. 포장을 벗긴 햄버거를 한 입 먹고는 차분하게 말했다.

"SNS는 익명으로 활동할 수 있어서 단속하기가 쉽지 않아요. 그렇게 할 수 있었으면 진즉에 이런 헛소리가 나오지 않았겠죠. 한 번에 수백만 개의 게시물이 올라오면 단속도 못 해요."

"환장하겠네. 진짜 옛날이 좋았는데 말이야."

때마침 창가 쪽 자리에 앉은 고등학생 커플이 깔깔거리면서 크게 웃는 바람에 둘은 자연스럽게 그쪽을 쳐다봤다. 여자아이의 짧은 교복 치마를 본 준혁 아저씨가 혀를 찼다.

"치마는 왜 저렇게 짧은 거야, 대체?"

나는 한숨을 쉬며 햄버거를 씹어 먹었다. 꼰대이고 뚱뚱하고 둔해 보이는 외모지만, 날카로운 촉을 발휘해서 범인을 찾을 때가 많았다. 거기다 끈기 있는 성격 때문에 경찰들도 포기하거나 해결하지 못한 사건을 풀어낸 경우도 적지 않았다. 나는 햄버거를 우물거리며 휴대폰을 들여다보던 준혁 아저씨에게 말했다.

"SNS의 특징이 뭐냐면요, 과거가 없다는 거예요."

"너무 철학적으로 얘기하지 말라니까, 상태가 나쁜 것처럼 보이잖아."

나는 시도 때도 없는 드립에 기분이 나빴지만 꾹 참고 말했다.

"하루에도 셀 수 없이 많은 게시물과 영상이 올라와요. 사람들의 타고난 두려움과 욕망을 먹고 사는 선정적인 이야기는 과거에 반박됐는지와 관계없이 항상 잘못된 정보의 먹이가 된다는 얘기라고요."

"우아! 상태가 안 좋은 줄 알았더니 똑똑하네. 어디서 들은 얘기지?"

나는 속으로 촉 하나는 정말 끝내준다고 투덜거렸다.

"네, 미국의 무슨 연구자가 인터뷰한 내용이에요."

"그나저나 인터넷에는 왜 그렇게 말도 안 되는 내용들이 버젓이 올라와서 사람들을 놀라게 하는 거야?"

이후로 얘기가 어떻게 뻗어 나갈지 알고 있던 나는 대충 둘러댔다.

"요즘 애들이 이상해서 그런 거죠."

"아니야, 애들이 이상한 건 어른들이 이상해서야. 왜 어른들이 책임을 안 지고 아이들 핑계를 대는지 모르겠어."

이럴 때는 의외로 선견지명이 있는 것 같다고 속으로 생각하면서 맞다고 대충 맞장구를 치고는 햄버거를 먹었다. 준혁 아저씨는 햄버거를 다 먹어 치우고 감자튀김을 케첩에 찍어 먹으면서 옆에 놓은 휴대폰을 보느라 고개가 옆으로 돌아갔다. 그냥 휴대폰을 똑바로 놓고 보라고 말하려던 나는 준혁 아저씨의 표정이 굳어지는 걸 보고는 입을 다물었다. 마침내 휴대폰을 똑바로 놓고 읽던 준혁 아저씨가 나에게 말했다.

"어서 먹고 가자."

"어디로요?"

"연남동. 전에 우리 엄마 친구 봤었지? 연남동의 건물주이자 사모님."

"네, 예전에 세입자 조사해 달라고 해서 갔었잖아요. 가진 건 돈밖에 없는 분이요."

"그래, 엄마 얘기로는 학창 시절에는 진짜 바보 같았다는데 세상일은 모르는 거야."

나는 돈을 펑펑 쓰던 그 의뢰인의 모습을 떠올리면서 물었다.

"그분이 사건을 의뢰한 거예요?"

준혁 아저씨는 대답 대신 손가락 다섯 개를 쫙 펼쳤다. 보통 받는 의뢰비보다 두 배 이상 많았다.

"우아!"

내가 놀라서 외치자 준혁 아저씨가 덧붙였다.

"이건 착수금이야."

"일을 끝내면 더 준다고요?"

눈을 동그랗게 뜬 내 물음에 준혁 아저씨가 말했다.

"두 배 준다고 하네."

"무슨 일인데요?"

"모르지. 당장 오라고 하는데, 갈래?"

준혁 아저씨의 물음에 나는 남은 감자튀김을 한 번에 입에 쓸어 넣었다. 그러곤 고개를 힘차게 끄덕거렸다.

사람들로 가득한 연남동 골목길을 뚫고 지나간 우리는 빌딩 앞에 멈췄다. 새로 리모델링한 10층짜리 건물은 간판들로 가득했다. 1층에는 프랜차이즈 카페와 비싸 보이는 레스토랑이 있었고, 위층도 음식점과 병원, 사무실들이 빼곡하게 자리 잡았다. 매끈한 건물 벽을 찬찬히 살펴보던 준혁 아저씨가 내 어깨에 손을 올렸다.

"이게 바로 돈의 성벽 아니겠냐?"

"쓸데없는 소리 하지 말고 얼른 올라가요. 몇 층이죠?"

"9층."

현관 안으로 들어간 우리는 엘리베이터 앞에 섰다. 그리고 때마침 내려온 엘리베이터를 타고 9층을 눌렀다. 단번에 올라간 엘리베이터는 9층에 도달하자 땡 하는 경쾌한 소리와 함께 문을 열었다. 사무실들이 쭉 이어진 가운데 맨 끝에 아무런 명패가 달리지 않은 문이 보였다. 우리가 다가가자 갑자기 문이 덜컥 열렸다.

놀란 나에게 준혁 아저씨가 문 위쪽의 CCTV를 가리키며 씩 웃었다. 안으로 들어가자 넓은 사무 공간이 나왔다. 직원 몇 명이 컴퓨터를 들여다보며 일을 하는 중이었다. 잠시 후, 커다란 화분에 가려진 문이 열리고 키 큰 남자가 나타났다. 회색 양복에 파란 넥타이를 맨 남자가 준혁 아저씨에게 말했다.

"민준혁 씨죠?"

"네, 그렇습니다."

"이쪽입니다."

준혁 아저씨는 냉큼 그쪽으로 달려갔고, 나도 그림자처럼 따라붙었다. 문 안쪽은 바깥을 볼 수 있는 통유리가 달린 사무실이었다. 긴 탁자가 공간을 가로질러 놓여 있고, 벽에는 커다란 5만 원짜리 지폐 그림이 걸려 있었다. 잠시 후, 문이 열리고 나이 든 여성이 들어왔다. 짧게 깎은 백발의 머리와 치렁치렁한 귀걸이, 그리고 호피 무늬 코트 차림이었는데 짙은 눈썹과 날카로운 눈매가 보통 사람이 아니라는 걸 암시했다. 한 번 본 적이 있던 준혁 아저씨는 물론이고 나 역시 바짝 긴장했다. 회색 양복을 입은 남자가 빼 준 의자에 앉은 연남동 사모님은 어정쩡하게 서 있던 준혁 아저씨에게 눈빛으로 앉으라고 말했다. 준혁 아저씨와 내가 의자에 앉자 연남동 사모님은 날카로운 눈빛으로 우리를 바라보다가 준혁 아저씨를 향해 입을 열었다.

"그동안 잘 지냈어?"

"네, 사모님. 덕분에요. 많이 바빴습니다. 경찰 요청으로 미제 사건도 몇 개 해결하고, 그동한 해결한 사건을 토대로 추리 소설도 쓰고 있거든요. 그리고……."

나는 준혁 아저씨의 말이 길어질까 봐 탁자 아래에서 살짝 발을 밟았다. 준혁 아저씨가 나지막이 비명을 지르려다가 눈치를 보면서 입을 다물었다. 그런 준혁 아저씨를 바라보던 연남동 사모님이 얘기했다.

"지난번 세입자 건을 잘 처리해 줘서 말이야, 일을 하나 더 맡기려고 해."

연남동 사모님의 말이 끝나자마자 회색 양복을 입은 남자가 양복 상의 안쪽에서 종이를 꺼내서 준혁 아저씨 앞에 밀어 놓았다. 힐끔 넘겨다본 나는 비밀 유지와 위반 시 위약금 어쩌고 하는 조항을 봤다. 회색 양복 남자가 만년필을 꺼내서 종이 옆에 놨다. 준혁 아저씨가 계약서를 읽고 있는 와중에 연남동 사모님이 입을 열었다.

"일이 워낙 애매하고 까다로워서 경찰을 믿고 있을 수가 없는 상황이야. 말이 새어 나가도 안 되고. 무슨 말인지 알지?"

준혁 아저씨는 연신 고개를 끄덕거리며 만년필을 들었다.

"물론이죠. 사모님, 제가 입이 완전 무겁습니다. 철통같죠."

듣고 있던 나는 터무니없다는 표정으로 준혁 아저씨를 바라봤다. 그리고 속으로 나보다 입이 더 가볍지 않냐고 물었다. 그러자 준혁 아저씨는 눈빛으로 돈을 벌고 싶지 않냐고 물었다. 나는 바로 알아듣고 대답했다.

"그렇죠. 우리 준혁 아저씨는 정말 입이 무겁습니다."

둘이 번갈아 가면서 하는 얘기를 듣고 있던 연남동 사모님이 준혁 아저씨에게 말했다.

"일단 서명하고 얘기하지."

"네."

준혁 아저씨가 냉큼 서명하자 옆에 서 있던 회색 양복 남자가 종이와 만년필을 챙겨 갔다. 그제야 연남동 사모님이 등받이에 몸을 기대더니 입을 열었다.

"내 손자 종현이 문제야. 올해 고 2지."

"얘기는 어머니를 통해 들었습니다. 공부 잘하고 똑똑하다고……."

말끝을 흐리는 준혁 아저씨에게 연남동 사모님이 얘기했다.

"하나밖에 없는 손자이기도 하지. 요즘 젊은것들은 아이를 낳지 않으려고 해. 정말 무책임하게 말이야."

"맞습니다. 결혼을 했으면 아이를 낳아야죠. 그래야 국가도 살고 가정도 살고……."

결혼은커녕 모태 솔로 중의 모태 솔로인 준혁 아저씨의 대답을 들은 나는 나도 모르게 고개를 절레절레 저었다. 이번에도 흐려진 준혁 아저씨의 대답이 사라지고 연남동 사모님의 목소리가 들렸다.

"종현이가 사고에 휘말렸어."

"저런, 어쩌다가요?"

감정이란 감정은 모조리 쥐어짠 것 같은 준혁 아저씨의 대답에 나는 내심 불안했다. 다행히 연남동 사모님은 예사롭게 넘어갔다.

"안 좋은 친구를 사귄 모양이야. 내가 며느리한테 잘 돌보라고 그렇게 얘기했는데, 친구들이랑 어울려 다니게 놔두니, 원."

연남동 사모님은 혀를 차더니 회색 양복 남자를 쏘아봤다. 두 손을 모은 채 옆에 서 있던 남자가 고개를 푹 숙였다. 그에게서 시선을 거둔 연남동 사모님이 다시 준혁 아저씨를 바라봤다.

"오늘 새벽에 친구 놈들이 몹쓸 짓을 했어. 손자는 그냥 어울렸던 건데 다른 놈들이 모두 손자에게 떠넘기는 바람에 일이 복잡해졌지."

예상 밖의 이야기에 준혁 아저씨는 목의 울대가 튀어나올 정도로 침을 꿀꺽 삼켰다. 그리고 조심스럽게 물었다.

"어떤 일에 휩쓸렸는지 여쭤봐도 될까요?"

준혁 아저씨의 물음에 연남동 사모님이 회색 양복 남자를 바라봤다. 죄인처럼 고개를 숙이고 있던 남자가 고개를 들었다.

"종현이가 새벽에 친구들이랑 집 근처 공원에서 술을 마시고 떠들었나 봅니다. 인근 주민의 신고를 받은 경찰이 출동했는데……."

말아 쥔 주먹으로 입을 가린 채 헛기침을 한 회색 양복 남자가 깊은 한숨과 함께 말을 이어 갔다.

"여학생 한 명이 같이 있는 걸 발견했습니다. 문제는 그 여학생이 성폭행을 당한 흔적이 있었다는 거죠. 거기다 현장에 있던 아이들이 성폭행의 날 어쩌고 한 모양입니다."

회색 양복 남자의 얘기를 들은 준혁 아저씨가 떨떠름한 표정을 지었다.

"성폭행의 날이요?"

준혁 아저씨의 반문에 회색 양복 남자는 괴로운 듯한 말투로 대답했다.

"네, 국가에서 성폭행을 공인했다는 이상한 소리를 했답니다. 그래서 처음에는 마약이나 환각제를 한 줄 알고 체포하려고 했는데, 거기에서 또 아이들이 반항을 하는 바람에 일이 커졌습니다. 공무 집행 방해로 긴급 체포되었고, 조사를 마치고 현재는 풀려난 상태입니다."

"그럼 사모님 손자분이 성폭행에 가담했다는 건가요? 성폭행의 날이라는 핑계로요?"

준혁 아저씨가 둘을 번갈아 바라보며 묻자 연남동 사모님이 손으로 이마를 짚더니 고개를 절레절레 저었다.

"물론 아니지. 내 손자는 그냥 친구를 잘못 사귀었을 뿐이야. 부모가 그걸 방관한 거고."

"그, 그렇겠죠. 사모님 손자분은 잘못이 없을 겁니다."

준혁 아저씨가 재빨리 편을 들자 연남동 사모님의 말투가 누그러졌다.

"고문 변호사에게 물어봤더니 촉법도 아닌 데다 사고를 워낙 크게 쳐서 처벌을 받을 가능성이 높다고 해서 골치가 아파. 친구라는 것들이 하나같이 손자가 주동자라고 입을 맞추는 바람에 더 골치가 아프고 말이야. 그러니까……."

연남동 사모님은 이마를 짚었던 손을 내리고는 준혁 아저씨를 바라보며 덧붙였다.

"내 손자가 죄가 없다는 걸 찾아내."

"아, 알겠습니다, 사모님."

준혁 아저씨가 우렁찬 목소리로 대답하자 연남동 사모님이 의자에서 일어났다. 그리고 아까 들어온 문으로 나갔다. 문을 열고 닫아 준 회색 양복 남자가 돌아서서 준혁 아저씨를 바라봤다. 그는 곧 안주머니에서 명함집을 꺼내 명함을 한 장 건네며 준혁 아저씨에게 말했다.

"약속한 착수금은 5분 안에 입금될 겁니다. 제 아들이 무죄인 증거나 증언을 확보하면 착수금의 세 배를 드리죠. 대신 해결이 되고 난 이후에도 평생 이번 일은 발설 금지입니다. 이를 어기면 위약금으로 착수금의 열 배를 물어내셔야 합니다. 만약 거절하면 민사 소송을 제기할 거고요."

회색 양복 남자의 무시무시한 엄포에도 준혁 아저씨는 대수롭지 않게 말했다.

"아이고, 걱정하지 마세요. 저 입 무겁다니까요."

대답을 들은 남자가 휴대폰을 꺼내 버튼 몇 개를 눌렀다. 그러고는 준혁 아저씨를 바라봤다.

"방금 입금했습니다. 그리고 이메일 주소를 알려 주시면 담당 형사와 관련자들 연락처와 정보를 보내 드리겠습니다. 물론 그것도 비밀 유지를 하셔야 합니다."

"물론입니다. 일단 담당 경찰부터 만나서 자초지종을 들어 보겠습니다."

걱정 말라는 듯 호언장담하는 아저씨의 허세 어린 모습에 나는 속으로 혀를 찼다. 회색 양복 남자도 한심스럽다는 눈빛으로 바라보다가 문을 열었다. 이제 그만 나가라는 뜻이었다. 우리는 잠자코 일어났다. 그런데 문을 나서려던 준혁 아저씨가 갑자기 회색 양복 남자를 바라봤다.

"저, 종현이 아버님……."

회색 양복 남자에게 준혁 아저씨가 불쑥 물었다.

"그런데 정말 아드님이 친구를 잘못 사귄 겁니까?"

잠시 당황하던 남자가 떨떠름한 표정으로 대답했다.

"우리 애는 착해요. 큰 말썽을 피워 본 적이 없죠."

"아, 그렇군요. 그런데 착한 아이들은 나쁜 친구와 어울리지 않던데요."

예상 밖의 얘기에 회색 양복 남자의 얼굴이 굳어졌다.

"우리 애는 잘못한 게 없다니까요."

"그건 믿음이고요."

단호하게 대답한 준혁 아저씨는 어정쩡하게 서 있는 나를 힐끔 보고는 다시 남자를 쳐다봤다. 그리고 천천히 입을 열었다.

"저는 사실을 찾습니다."

"그 사실은 바로 내 아들이 아무 죄도 없다는 겁니다. 돈을 받았으면······."

목소리를 높이는 회색 양복 남자의 말을 준혁 아저씨가 잘라 버렸다.

"돈으로 진실을 가릴 수 있다고 생각하십니까?"

나는 갑자기 미스터리 영화의 한 장면이 되어 버린 두 사람을 흥미진진하게 바라봤다. 팝콘이라도 있었으면 좋겠다고 생각하면서 쳐다보는데 준혁 아저씨가 회심의 미소를 씩 날리며 덧붙였다.

"진실을 가리려면 꽤 많은 돈이 필요할 겁니다. 이 빌딩으로는 감당할 수 없을 정도로 말이죠."

여유롭게 말하고는 준혁 아저씨가 사무실 밖으로 나갔다. 그대로 있다간 무슨 봉변을 당할지 모르는 분위기라 나는 잽싸게 따라 나갔다. 엘리베이터를 타자마자 나는 준혁 아저씨에게 짜증을 냈다.

"그러다 한 방 맞으면 어쩌려고 그랬어요?"

내 말에 준혁 아저씨는 손가락으로 머리를 가리키며 대답했다.

"드러누우면 그만이지. 나는 머리만 멀쩡하면 돼."

"돈을 도로 돌려 달라고 하면요?"

연거푸 묻는 나에게 준혁 아저씨가 머리를 가리켰던 손가락을 좌우로 까닥거렸다.

"계약서에 막말을 한다고 돌려 달라는 조항은 없었으니까 염려 마."

"으이구, 진짜 그러다가 큰코다쳐요, 아저씨."

나의 짜증 섞인 대답에 준혁 아저씨는 까닥거렸던 손가락으로 코를 가리켰다.

"내 코 별로 안 큰데?"

"아, 진짜."

어린애를 상대로 말장난을 하는 게 그렇게 재미있냐고 쏘아붙이고 싶었지만, 밥줄을 쥐고 있기 때문에 차마 입 밖으로 뱉어 내지 못했다. 사실, 주변에 어떻게든 털어 먹으려는 어른들밖에 없는 상황에 준혁 아저씨 정도면 착한 어른이었다. 나는 얼마 전, 오랜만에 연락하고 찾아온 친척을 떠올렸다. 아버지에게 빌려준 돈이 있다면서 전세금을 빼서 갚으라고 억지를 부렸다. 나는 친척이 내민 차용증의 서명이 아버지의 것이 아니라는 걸 금방 간파했다. 그걸 얘기하자 친척은 꼬맹이가 어른 말을 믿지 않는다고 성질을 부리다가 돌아갔다. 나는 설사 돈을 빌린 게 사실이라고 해도 전세금을 빼 주면 나와 여동생은 어디로 가야 하느냐고 물었다. 친척은 잘 아는 사람이 운영하는 보육원이 있다고 대답했다. 그 얘기를 듣고 부엌칼을 어디에 뒀는지 생각하지 않으려고 애썼다. 다행히, 낌새를 차렸는지 친척이 바로 나가면서 상상했던 살인은 현실로 벌어지지 않았다. 반면, 준혁 아저씨는 말장난도 잘 치고 지저분하긴 했지만 적어도 일을 시키면 돈을 줬다. 그리고 선심 쓰듯 맛있는 것도 사 줄 때가 많았다.

이런저런 생각을 하는 사이 엘리베이터가 1층에 도착했다. 밖으로 나온 준혁 아저씨가 기지개를 크게 켰다. 입고 있는 티셔츠가 따라 올라가면서 털이 숭숭 난 배꼽이 보였다. 나는 창피해서 딴청을 피웠다. 아저씨가 입을 쩝쩝거리며 말했다.

"오랜만에 연남동 나왔는데 맛있는 거 먹고 갈래? 마침 돈도 받았잖아."

"좋아요."

다음 날, 나는 준혁 아저씨와 함께 월령시 경찰서로 향했다. 사건이 벌어진 곳이 서울 근교의 신도시인 월령시였기 때문이었다. 월령역에서 내려서 경찰서 근처 카페에서 담당 형사와 짧게 얘기를 나눴다. 그리고 곽 형사에게 전화를 했다. 개봉동 일가족 자살 사건 때부터 인연을 맺었던 곽 형사는 웃기게도 작가 지망생이었다. 그래서 추리 소설가인 준혁 아저씨의 부탁을 위법의 선을 넘지 않는 선에서 도와줬다. 마침 작년에 월령시로 발령을 받은 상태라 만나러 왔다는 핑계로 전화를 한 것이다. 그리고 구렁이 담 넘어가듯 자연스럽게 필요한 사건 얘기를 꺼냈다. 옆에서 듣고 있던 내가 혀를 내두를 정도였다.

결국, 잠시 후에 곽 형사가 우리가 있는 카페에 나타났다. 50대의 나이였지만 짧은 머리에 땅딸막한 키, 그리고 동글동글한 얼굴은 좋은 인상이었는데 만만해 보이기도 했다. 그는 빨리 달리기 위해 항상 통이 넓은 청바지와 운동화 차림이었다. 자세히 보면 이마에 칼자국이 있고, 목뒤에도 길게 베인 흔적이 있다. 수십 년간 현장을 뛰었던 베테랑 형사라는 분위기는 어렵지 않게 느낄 수 있었다. 종소리와 함께 카페 문이 열리고 곽 형사가 들어오자 준혁 아저씨는 일어나서 깍듯하게 인사를 했다.

"아이고, 어서 오십시오. 민중의 수호자, 민중의 지팡이!"

나는 진짜 해도 해도 너무한다는 생각이 얼굴에 드러나는 걸 감추기 위해 고개를 깊이 숙여서 인사를 했다. 곽 형사는 그런 내

등을 토닥거렸다.

"그 사이에 인사성이 좋아졌네."

준혁 아저씨는 그 틈을 놓치지 않았다.

"제가 확실하게 교육을 시켜 놨습니다."

딸랑거리는 소리가 들려오는 것 같아서 나는 참지 못하고 인상을 찌푸렸다. 다행히 곽 형사는 준혁 아저씨와 얘기하느라 눈치채지 못했다. 준혁 아저씨가 조심스럽게 물었다.

"어때요?"

"골 때려."

"어느 정도로요?"

곽 형사가 고개를 절레절레 흔들며 대답했다.

"골이 깨질 정도로."

나는 속으로 아재 개그도 전염되는 게 틀림없다고 생각했다. 그리고 암울해졌다. 준혁 아저씨와 가장 많이 다니는 게 누군지 떠올랐기 때문이다.

"이야, 빡세네요."

준혁 아저씨가 얼음만 남은 아이스커피의 빨대를 힘껏 빨았다. 곽 형사가 주변을 살펴보더니 준혁 아저씨에게 속삭였다.

"기록을 살펴보니까 오전 3시쯤에 공원에서 청소년들이 술에 취해서 고성방가를 한다는 신고가 들어왔었어. 그래서 지구대에서 출동했는데 화장실 근처 운동 기구가 있는 곳에 술 취한 고등학생 다섯 명이 있었어. 모두 남학생들이었지."

"걔들 중에 종현이도 있었나요?"

대답 대신 고개를 끄덕거린 곽 형사가 휴대폰을 보여 줬다. 아마 현장을 찍은 사진 같은데 좀 끔찍했는지 나에게는 보여 주지 않았다. 내가 호기심을 보이자 준혁 아저씨가 고개를 저었다.

"안 돼. 상태가 안 좋은 사진들이야."

진짜 해도 해도 너무한 아재 개그라고 생각했지만 여동생을 생각하며 꾹 참았다. 휴대폰을 도로 챙긴 곽 형사에게 준혁 아저씨가 조심스럽게 말을 건넸다.

"요즘 고딩들은 엄청나네요."

"그렇지. 중딩들도 만만치 않아. 어쨌든 경찰이 주변을 순찰하다가 화장실에 누워 있는 여자아이를 발견했어."

"사진처럼 그렇게 누운 상태로 발견되었나요? 하의가 벗겨진 채로요?"

"그래, 바로 병원으로 데리고 가서 검사를 했는데 여러 명한테 당한 흔적이 발견되었어."

"같이 있던 남학생들 짓이군요. 오늘이 성폭행의 날이라고 하면서요."

"맞아, 자식들이 그게 진짜인 줄 알더라고. 요즘 애들은 정말, 쯧쯧."

요란하게 혀를 차는 곽 형사에게 준혁 아저씨가 조심스럽게 물었다.

"종현이가 맨 먼저 성폭행의 날이라고 한 건가요?"

"현장에 출동한 경찰한테 가장 심하게 반항한 것도 걔야. 심지어 지구대에 끌려온 다음에도 정신을 못 차리고 같은 얘기를 하더라고."

"진짜 믿었다는 뜻인가요?"

"아무래도."

짧게 대꾸한 곽 형사가 다시 나를 바라봤다. 그러자 준혁 아저씨가 다시 얼음만 남은 아이스커피를 쪽쪽 빨면서 말했다.

"얘는 괜찮아요. 산전수전 다 겪어서요."

그나마 마지막 선은 넘지 않았다고 안심하는 순간 준혁 아저씨가 기어코 선을 넘었다.

"공중전에 우주전까지요."

곽 형사는 그게 또 재미있다고 낄낄거렸다. 암울해진 나는 고개를 숙였다. 웃음을 그친 후에 곽 형사가 심각한 표정으로 얘기했다.

"다른 놈들이 다 종현이가 주동자였다고 자백했어. 그리고 성폭행을 당한 여자아이도 종현이가 데려온 거고."

"같은 학교 여학생이죠?"

"맞아, 학원 수업 끝나고 코인 노래방에 갔다가 거기로 끌고 간 거지."

둘의 얘기를 듣고 있던 내가 끼어들었다.

"순순히 거기까지 따라간 거예요?"

곽 형사가 눈살을 찌푸리며 말했다.

"그건 아직 조사 중이야. 남자 녀석들은 자발적으로 따라왔다고 했고, 피해 여학생은 아직 의식이 안 돌아와서 말이야."

곽 형사의 대답을 들은 준혁 아저씨가 물었다.

"아직도 조사를 안 한 겁니까, 아니면 못 한 겁니까?"

"야, 민 작가. 세상을 너무 극단적으로 보지 마라. 안 한 건 아니야."

"걔네 집안이 빵빵하거든요. 그래서 좀 의심이 들어요."

"사실은 말이야."

눈알을 잠깐 굴리던 곽 형사가 한숨을 쉬었다.

"그 집안에서 변호사 둘을 고용했어. 지검장 출신 하나, 그리고 경찰 고위층을 하나 꽂았더라고."

"검경 합동 작전이네요. 요즘 전관예우 없어졌다면서요?"

"없어지는 추세지, 추세."

에둘러 대답한 곽 형사가 답답한지 한숨을 쉬었다.

"거기다 골치 아픈 건 남자 녀석들이 말을 맞추기 시작했어."

"뭐라고요?"

"합의된 성관계라나 뭐라나."

곽 형사의 얘기를 들은 준혁 아저씨는 어처구니없다는 표정을 지었다.

"어떤 여자애가 그 시간에 공원에서 다섯 명의 남자랑 합의된 성관계를 맺어요?"

"여자애는 의식이 없는 상태라 제대로 증언을 못해. 증인도 없고, CCTV 같은 것도 없는 상태야. 일단 출동한 경찰이 현장에 있던 휴지부터 모을 수 있는 건 다 모았지만 그걸로는 부족해."

준혁 아저씨가 아무 대답도 못 하는 사이 곽 형사가 조심스럽게 물었다.

"그나저나 지금까지 정의의 사도인 줄 알았더니 아닌 모양이네. 요즘 돈이 궁한 거야?"

"워낙 간절하게 부탁을 하셔서요. 제가 또 정에 약하잖아요."

옆에서 듣던 나는 고개를 절레절레 흔들었다. 아까 봤던 모습과는 너무나 달랐기 때문이다. 그런데 곽 형사가 갑자기 휴대폰을 들여다봤다. 그리고 곤혹스러운 표정을 지었다.

"조졌네."

"뭘 조졌는데요?"

"성폭행당한 여학생이 방금 병원에서 깨어나서 진술을 했는데 말이야."

휴대폰에서 눈을 뗀 곽 형사가 준혁 아저씨를 똑바로 바라보면서 덧붙였다.

"기억이 나지 않는대."

"성폭행을 당했는데 기억이 나지 않는다고요?"

"종현이가 불러서 코인 노래방에 갔다가 공원에 간 것까지는 기억이 난대."

곽 형사의 얘기를 들은 내가 물었다.

"약물에 중독된 건가요?"

"그건 조사 중인데, 전담을 피우고 나서 의식을 잃었다고 진술했어."

"전담이면 전자 담배요?"

내가 재차 묻자 곽 형사가 고개를 끄덕거렸다.

"그냥 전자 담배가 아니라 액상 김장한 전자 담배였나 봐."

곽 형사의 얘기를 들은 준혁 아저씨가 고개를 갸웃거렸다.

"액상 김장은 또 무슨 얘기예요?"

"액상형 전자 담배는 구하기가 상대적으로 쉽거든. 몇 가지 원료를 조합해서 일주일 정도 숙성한 다음에 피우는 거야. 숙성하는 걸 김장이라고 표현하곤 하지."

곽 형사의 설명을 들은 준혁 아저씨가 입을 벌렸다.

"왜 그런 짓까지 하는 겁니까?"

"기존 제품보다 싸니까. 거기다 원하는 맛을 직접 낼 수가 있잖아."

"그걸 애들이 피운다고요?"

"전자 담배라 진짜 담배보다는 거부감이 덜하지. 독하지 않아서 말이야. 손에 넣기도 쉽고, 걸렸을 때도 진짜 담배보다는 처벌 수위가 낮아. 여청계 후배한테 들었는데 요즘 애들은 흡연한다는 말 대신 베이핑이라는 표현을 더 많이 쓴다더라."

"베이핑이요?"

"전자 담배를 피우는 걸 영어로 베이핑이라고 하나 봐. 아무튼 골치 아프게 됐네."

듣고 있던 내가 물었다.

"이렇게 되면 처벌을 못 하나요?"

"그게, 증인이 없는 상태여서 말이야. DNA를 채취해야 하는데 피해자가 기억이 안 난다고 하면 영장이 나올 가능성이 적어. 그리고 병원에 있는 피해자 부모한테 가해자 측 법무 법인의 변호사가 접촉하고 있나 봐."

"돈으로 무마하려나 보네요."

내 말에 곽 형사가 우울한 표정으로 고개를 끄덕거렸다.

"걔네 집안 사정이 어려운가 봐. 부모 입장에서는 일은 이미 벌어진 거고 돈이나 챙길 생각인 거지. 하루 이틀 일도 아니고 어제오늘 일도 아니야."

"그래도 한밤중에 집단으로 성폭행을 했는데 아무런 처벌도 못 하는 건가요?"

"성폭행이 아니라 합의된 성관계라고 하면 할 말이 없어지는 거지. 아마 변호사가 그런 쪽으로 시나리오를 짤 거야."

체념한 듯한 곽 형사의 말에 준혁 아저씨는 괜히 미안한 표정을 지었다. 나도 덩달아 미안해졌다. 준혁 아저씨가 깍지를 낀 채 곽 형사를 바라봤다.

"이런 상태면 제대로 처벌할 수도 없겠네요."

"처벌은 고사하고 우리가 사과해야 할지도 몰라. 세상이 개판이 된 거지."

"아니, 개가 무슨 잘못이 있다고 그러세요? 개가 모여 있으면 얼마나 귀여운데."

말도 안 되는 아재 개그였지만 곽 형사는 그래도 피식 웃어 주었다.

"아무튼 내가 얘기해 줄 수 있는 건 이 정도야. 그러니까 너도 뭔가 알아내는 게 있으면 나한테 바로 알려 줘."

"저, 조사한 내용에 관해서는 의뢰인에게만 얘기하도록 되어 있어서요."

일어나려던 곽 형사가 도로 앉았다.

"내가 왜 이런 정보를 너한테 줬겠냐? 우리가 모르는 걸 네가 찾아내길 바라는 거잖아. 나한테 정보 얻어서 그걸로 돈 벌고 입 닦게?"

"그게 아니라……."

"상대편 의뢰를 받아서 조심스러워하는 거 이해하지만, 대한민국 국민은 경찰에 협조해야 할 의무가 있어."

옆에서 듣고 있던 나는 아무래도 아저씨가 짭새의 함정에 걸려들었다는 생각을 했다. 하지만 준혁 아저씨는 그다지 놀라지 않았다.

"그런 의무 너무 좋습니다. 성실히 수행하겠습니다."

"다음에는 어떻게 움직일 거야?"

"일단 가해자와 얘기를 좀 나눠 보려고요."

"만나면 아구창 한 대 날려."

곽 형사가 주먹을 휘두르는 시늉을 하자 진짜 때리는 줄 알고 준혁 아저씨가 움찔했다. 그러고는 어색하게 웃으면서 대답했다.

"저는 평화주의자라서요."

"나는 그놈의 평화가 싫어. 나쁜 놈들 죽빵도 날리고 대가리도 좀 뽀개는 그런 험난한 세상이 왔으면 좋겠다."

"아이고, 경찰 안 했으면 형사님이야말로 깡패가 됐겠어요. 그나저나 보고서를 보니까 출동한 경찰이 꼼꼼하게 잘했네요."

"그러잖아도 내가 눈여겨보고 있어. 요즘 쓸 만한 형사들이 없어서 말이야."

"이야, 혼자 고생하기 싫다 이거네요."

준혁 아저씨의 놀림에 곽 형사가 일어나며 대답했다.

"경찰은 범인만 잘 잡으면 좀 고생하고 욕먹어도 괜찮아."

곽 형사가 나가고 나서 준혁 아저씨는 콧노래를 흥얼거리면서 휴대폰을 들여다봤다. 나는 준혁 아저씨에게 물었다.

"우리 망한 거 아니에요?"

"정의의 편이 망하는 거 봤냐?"

"우리가 정의의 편이 아니잖아요."

"그럼 악당이야?"

정말 답답하다고 생각한 내가 가슴을 치는 시늉을 하면서 대답했다.

"그건 아니지만 악당의 하수인쯤 되잖아요. 돈도 엄청 많이 받았잖아요. 영화나 드라마를 보면 이런 포지션이 가장 먼저 죽더라고요. 실컷 고문받다가요."

준혁 아저씨는 나의 걱정을 흘려들으며 휴대폰으로 누군가에게 전화를 걸면서 물었다.

"그렇게 걱정되면 손 뗄래?"

나는 길게 생각하지 않고 대답했다.

"아뇨, 제가 또 의리는 있는 편이잖아요."

"형이 다 생각이 있으니까 너무 걱정 마."

카페를 나온 준혁 아저씨가 다시 휴대폰을 꺼내서 전화를 걸었다. 상대방이 전화를 받자 준혁 아저씨가 요란스럽게 인사를 했다.

"아이고, 잘 지내셨습니까?"

대충 들어 보니까 연남동 사모님을 만났을 때 옆에 있던 회색 양복 남자, 그러니까 사고를 친 종현이의 아버지 같았다. 주변을 두리번거리던 준혁 아저씨가 공원 쪽으로 걸어갔다.

"안 그래도 방금 담당 형사를 만나서 얘기를 들어 봤습니다. 아무래도 종현이 얘기를 좀 들어 봐야 할 거 같은데요? 일단 경찰에서 종현이를 주범으로 찍은 건 맞는 거 같아요."

공원 벤치에 앉은 준혁 아저씨는 나보고 옆자리에 앉아서 휴대폰을 켜고 녹음을 하라는 손짓을 했다. 재빨리 휴대폰을 켜서 녹음 버튼을 누를 준비를 했다. 몇 마디 통화를 더 하던 준혁 아저씨는 영상 통화로 전환했다. 옆에서 살짝 보니까 고급스러운 병실이 나왔고, 침대에 누워 있는 고등학생 또래의 남자아이가 보였다. 준혁 아저씨가 엄지손가락을 누르는 시늉을 하는 걸 보고 곧장 녹음 버튼을 눌렀다. 그걸 확인하고서 준혁 아저씨는 화면을 보며 대화를 시작했다.

"아이고, 종현 군. 만나서 반가워요. 내 이름은……."

"시끄럽고 배신자 새끼들이나 조져 주세요."

준혁 아저씨의 표정이 굳어지는 게 보였다. 확 굳어져서 메두사의 얼굴이라도 본 줄 알았다. 가까스로 정신을 차린 준혁 아저씨가 말했다.

"자초지종을 들어야 조지든지 말든지 할 수 있으니까 그날 무슨 일이 어떻게 벌어졌는지 빠짐없이 얘기를 좀 해 봐요."

하지만 이번에도 반응은 시원찮았다.

"아이씨, 할머니가 돈 주고 고용했다면서, 그럼 알아서 일을 해야지 왜 귀찮게 해요?"

"성폭행의 날이라고 사고를 쳤다며? 누가 얘기한 거야?"

"누구긴요? 그 새끼들이죠."

"같이 사고 친 친구들?"

"특히, 철웅이요. 원래부터 재수가 없었어요, 그 새끼는."

그 후로도 영상 통화가 잠깐 이어졌지만 의미 있는 정보는 듣지 못했다. 준혁 아저씨는 싹수없는 상대방 때문에 통화하는 내내 표정 관리를 하느라 힘들어했다. 통화를 끝낸 준혁 아저씨가 나를 슬쩍 바라봤다.

"잘 녹음했지?"

"네."

내 대답을 들은 준혁 아저씨는 휴대폰을 살펴보더니 다시 전화를 걸었다.

통화 버튼을 누른 준혁 아저씨가 콧노래를 흥얼거렸다. 잠시 후, 전화를 받는 소리가 났다.

"안녕하세요. 백철웅 학생 어머님 되십니까? 저는 종현이, 그러니까 철웅이랑 같이 사고 친 아이 할머니 부탁으로 이번 사건을 조사하고 있는 민간 조사원입니다. 그러니까 디텍티브, 탐정입니다."

상대방의 대답을 들은 준혁 아저씨가 가볍게 웃으며 말했다.

"아, 그러니까 경찰 조사에 좀 문제가 있는 거 같아서요. 너무 강압적이고 일방적이었어요. 현장에 있던 피해 여학생의 입장에서 조사를 진행했다는 게 확인되었어요. 그래서 그 부분을 조사 중인데 협조를 좀 부탁드립니다. 조사 과정에서 불법적인 게 있었는지만 확인되면 아드님은 아무 문제 없이 학교를 잘 다닐 수 있어요. 진짜입니다. 걱정 마십시오. 어차피 어머니, 지푸라기라도 잡아야 할 상황이시잖아요. 제가 아무 사건이나 의뢰받지 않거든요. 그런데 종현이 할머니가 돈이 엄청 많거든요. 제가 이런 걸 좀 겪어 봐서 아는데요, 어머니."

잠깐 뜸을 들인 준혁 아저씨가 회심의 미소를 지으며 얘기를 덧붙였다.

"돈이 많은 쪽이 무조건 이기게 되어 있어요. 그러니까 좋게 좋게 협조해 주시면 같이 빠져나갈 수 있을 겁니다. 종현이 아버지 연락처를 보내 드리겠습니다. 제가 누군지 물어보시면 의뢰받은 걸 확인해 줄 겁니다. 제 이름은 민준혁입니다, 민준혁."

잠깐 뜸을 들이던 상대방이 알겠다고 대답하자 준혁 아저씨는 주먹을 불끈 쥐었다. 그리고 통화를 끝낸 다음 거만한 표정으로 나에게 말했다.

"조사하러 가자, 조수."

"뭐라고 뻥을 쳤는데요?"

"뻥을 치긴, 있는 그대로 얘기해 준 거지."

나는 카페를 나가려 일어나는 준혁 아저씨에게 물었다.

"그런데 누구 만나러 가는 거예요?"

"사고 친 녀석들 중 한 놈. 가장 약한 고리야."

"약한 고리요?"

"죄수의 딜레마라고 알아?"

"몰라요."

거리로 나간 준혁 아저씨가 고개를 저었다.

"내 조수를 하려면 똑똑해야 한다고 말했잖아."

똑똑하면 네 조수를 하겠냐고 속으로 생각하며 나름대로 표정 관리를 했지만 아저씨에게 딱밤을 맞고 말았다.

"아얏! 왜 때려요?"

손가락을 까닥거리며 준혁 아저씨가 말했다.
"표정 관리를 잘해야지. 속으로 '내가 똑똑하면 네 조수를 하겠냐?'라고 생각했잖아."
나는 아니라고 대꾸했지만 허술해 보이고 바보 같은 이 아저씨가 괜히 탐정이 된 건 아니라고 생각했다. 그 생각까지 읽었는지 준혁 아저씨는 흡족한 표정을 지으며 마침 신호가 파란색으로 바뀐 횡단보도를 건너갔다.

준혁 아저씨와 내가 찾아간 곳은 월령시의 신시가지였다. 산을 경계로 구시가지와 나뉘었는데 동탄이나 용인에서 본 것 같은 고층 아파트들이 말뚝처럼 곳곳에 세워져 있었다. 두리번거리는 나에게 준혁 아저씨가 말했다.
"야, 자꾸 두리번거리지 마. 시골에서 온 것 같잖아."
"그게 아니라 전봇대가 하나도 안 보여서요."
"다 땅속에 묻었어."
"땅속에요?"
놀란 내가 아래를 내려다봤다. 그런 나를 한심한 눈으로 바라본 준혁 아저씨가 말했다.
"돈이 많은 동네라서 말이야. 어서 가자. 늦겠다."

아파트 단지 중 하나로 들어선 둘은 경비실 뒤쪽에 있는 커뮤니티 센터라는 곳으로 들어갔다. 1층에는 아파트 관리 사무소가 입주해 있고, 2층에는 도서관과 미팅 룸 같은 게 있었다. 2층의 미팅 룸 중 한 곳으로 들어간 준혁 아저씨가 나에게 복도 자판기에서 음료수를 뽑아 오라고 하고는 휴대폰으로 톡을 남겼다. 잠시 후 내가 음료수를 품에 가득 안고 돌아오고, 곧이어 파리한 50대 아주머니와 반항기 가득한 교복 차림의 남자아이가 들어왔다. 가슴에는 백철웅이라는 이름표가 붙어 있었다. 두 사람이 앉는 것을 본 준혁 아저씨가 정중하게 명함을 건네면서 아주머니에게 자기소개를 했다.

"아까 전화드린 민준혁이라고 합니다. 여기는 제 조수 안상태고요. 불쑥 연락드렸는데 시간 내 주셔서 감사합니다."

명함을 받은 아주머니는 폭발할 것 같은 한숨을 쉬었다.

"내가 창피해서 아들한테 아침에 교복 입고 나가서 시간 보내다가 오후에 들어오라고 했어. 무기정학 받은 거 알려지면 아파트 커뮤니티에서 난리가 나거든."

나는 성폭행을 저질러 놓고도 고작 아파트 커뮤니티 걱정을 하는 아주머니가 이해가 가지 않았다. 하지만 준혁 아저씨는 이해가 간다는 표정으로 고개를 끄덕거렸다.

"요즘은 진짜 이상한 소문들이 잘 퍼져 나가서요. 조심하는 게 좋죠."

"그러니까. 우리 애가 진짜 착하고 조용한 성격인데 어쩌다 친구를 잘못 사귀는 바람에 이렇게 된 거야. 이제 대학 가긴 글렀으니 유학을 보내야 하는데 집에 돈은 없고……."

끝없이 이어지는 아주머니의 한탄을 준혁 아저씨는 참을성 있게 들어 주었다. 그걸 본 나는 평소에는 보이지 않는 참을성에 감탄했다. 준혁 아저씨가 아주머니의 신세 한탄과 변명을 묵묵히 들어 주는 와중에 나는 백철웅을 바라봤다. 고개를 숙인 백철웅은 반성하는 것처럼 보였지만 손가락을 쉴 새 없이 꼼지락거리는 걸 보면 딴생각을 하고 있는 것 같았다. 아주머니의 얘기가 끝나자 준혁 아저씨가 나에게 눈짓을 보냈다. 나는 휴대폰을 꺼내서 탁자에 놓고 녹음 재생 버튼을 눌렀다. 그러자 아까 영상 통화를 했던 내용이 나왔다. 자기 이름이 나오자 철웅이가 고개를 살짝 들었다. 녹음된 내용을 다 들은 백철웅에게 준혁 아저씨가 말했다.

"들었지? 종현이는 널 친구로 생각하지 않아. 너를 콕 집어 말하는 걸 보면 떠넘기려고 작정한 것 같지? 자, 어떻게 할래? 요즘에는 이런 범죄는 다들 민감하게 받아들여. 밀양 강간범들은 20

년 넘게 지난 지금도 유튜브에 소식이 올라와서 정상적으로 살아가지를 못해."

결국 철웅이가 입을 열었다.

"그날은 괜찮다고 했어요."

"뭐가?"

준혁 아저씨의 물음에 백철웅이 대답했다.

"성폭행을 해도 된다고요."

"그건 중범죄야. 그걸 그날 해도 되는 이유가 뭔데?"

"나라에서 허락했다고 했어요. 그래서 그날은 해도 된다고 알고 있었죠."

옆에 있던 아주머니가 답답하다는 표정을 지었지만 준혁 아저씨는 무덤덤하게 물었다.

"누가 그런 말을 했지? 4월 24일엔 마음대로 성폭행을 해도 된다고?"

"종현이가 톡으로 링크 걸어 준 유튜브에서 봤어요."

"유튜브 이름이?"

"둠스데이의 남자요."

준혁 아저씨의 눈짓에 나는 얼른 휴대폰으로 검색을 했다. 그리고 준혁 아저씨의 팔을 툭툭 쳤다.

"이거인 거 같아요."

내게 휴대폰을 넘겨받은 준혁 아저씨가 잘 안 보이는지 손가락으로 화면을 확대했다. 그러고는 꼰대처럼 혀를 차며 백철웅에게 물었다.

"섬네일 참 자극적이네. 이걸 봤다고?"

"네, 거기에 4월 24일이 국가에서 공인한 성폭행의 날이라는 얘기가 나와요."

"그래서 그걸 믿었고?"

준혁 아저씨의 물음에 백철웅은 고개를 끄덕거렸다.

"나라에서 공인한 거니까 처벌받지 않을 거라고 했어요."

"누가? 종현이가?"

백철웅이 이번에도 고개를 끄덕이자 준혁 아저씨가 고개를 갸웃거렸다.

"철웅아, 그런데 앞뒤가 안 맞아."

"네, 뭐가 안 맞아요?"

"만약 마음대로 성폭행을 해도 된다고 생각했으면 굳이 한밤중에 불러내서 으슥한 공원에서 할 필요가 없잖아. 그냥 대낮에 길거리에서 해도 되잖아. 어차피 처벌도 받지 않는데 말이야."

준혁 아저씨의 날카로운 질문에 백철웅은 당황한 표정이 역력

했다. 내가 속으로 제법이라고 생각하는데 준혁 아저씨의 질문 공세가 이어졌다.

"그리고 여자애가 증언하기를 액상 김장된 전담을 피우고 정신을 잃었다고 그랬어. 성폭행보다 심한 게 집단 성폭행이고, 그것보다 더 심한 게 약물을 이용한 거야. 종현이도 그렇고 너희도 집안 형편이 부유한 편인데 왜 돈을 절약하는 액상 김장을 한 전자 담배를 만들었는지 의심스러워. 그것도 너희가 피운 게 아니라 여자애한테만 피우라고 한 거잖아."

"전담은 제가 준 게 아니에요."

놀라서 대답하는 백철웅을 준혁 아저씨가 지그시 바라보면서 물었다.

"그럼 누가 줬는데?"

"종현이가요."

"피해 여학생도 종현이가 아는 애라고 했지?"

"네, 옛날 여친이었어요."

"같은 학교니까 너희도 아는 사이겠네?"

"알고는 있었죠. 나름 유명했으니까요."

백철웅의 얘기를 들은 준혁 아저씨가 질문을 했다.

"뭘로?"

"남자 친구가 많았던 걸로요. 양다리를 걸친 적도 있고, 일주일 사이에 남친이 바뀐 적도 있었어요."

아들의 얘기를 듣던 아주머니가 끼어들었다.

"걔가 문제였다니까. 여자애가 꼬리를 치고 다니니까 남자애들이 정신을 못 차리지. 요즘 길거리에서 보니까 여자애들이 아주 다 벗고 다니더라고, 진짜."

준혁 아저씨는 아주머니의 얘기는 들은 척도 하지 않고 계속 백철웅을 쳐다봤다.

"남자 친구가 많고 양다리도 걸쳐 봤으니까 성폭행의 날 희생자로 삼은 거야? 그것도 좀 이상한데? 나라에서 공인해서 아무나 성폭행할 수 있다면서 왜 그런 애를 점찍어서 한밤중에 공원에서 일을 저질렀을까? 그냥 대낮에 아무나 성폭행을 해도 된다고 믿었다면서 말이야."

이번에도 아주머니가 나섰다.

"우리 아들은 진짜 아무것도 몰랐다니까. 이게 다 유튜브를 보고 충동질한 친구들 때문이야."

"안타깝게도 촉법소년은 아니라서요. 왜 그렇게 믿었는지, 아니면 왜 그렇게 믿을 수밖에 없었는지 잘 설명하지 않으면 요즘은 빠져나가기 힘들어요."

준혁 아저씨는 아주머니에게 차분하게 얘기하고는 백철웅에게 다시 물었다.
 "공원으로 여자애를 데리고 와서 액상 김장한 전자 담배를 피우게 했지?"
 백철웅이 고개를 끄덕거리자 준혁 아저씨가 한쪽 눈을 찡그린 채 계속 질문을 던졌다.
 "그리고 여자애가 의식을 잃으니까 공원 화장실에서 돌아가면서 성폭행을 했고?"
 "네."
 "집단 성폭행을 한 직후에 신고받고 출동한 경찰들에게 모두 잡혔고?"
 "그랬어요."
 "여자애는 병원에서 의식을 찾은 상태야. 현재 경찰이 조사 중인데 여기서 어떤 결과가 나오느냐에 따라 네 운명도 결정될 거야. 만약 여자애가 강간을 당했다고 얘기하면 너희는 체포돼서 재판을 받게 될 거고, 거기서 누가 주동자인지 가려지겠지."
 "걔는 좀……."
 뭔가 말을 하려던 백철웅이 머뭇거리자 준혁 아저씨가 웃으며 말했다.

"당해도 괜찮은 애야? 어머니 얘기대로 옷도 이상하게 입고 다니고 남자애들에게 꼬리를 치니까?"

잠깐 고민하던 백철웅이 고개를 끄덕거렸다.

"걔라면 상관없을 거 같았어요."

"너희가 다 같은 생각이었으니까 그 밤중에 걔를 거기로 불러냈겠지?"

"네."

두 사람이 한창 얘기를 나누는 와중에 돌려받은 휴대폰으로 둠스데이의 남자 계정을 계속 살펴보던 내가 준혁 아저씨의 팔뚝을 꾹 찔렀다.

"아저씨."

"왜?"

"이것 좀 보세요. 이 유튜브 게시물 중에 액상 김장하는 법을 설명하는 게 있어요."

"그래?"

나는 준혁 아저씨에게 휴대폰을 보여 주면서 덧붙였다.

"이 게시물 후반부에 상대방을 기절시키는 전담 만드는 법이 나와요."

"기절시킨다고?"

"네, 데이트 강간 약물처럼 몇 모금 피우게 해서 의식을 잃게 만드는 법이라고 나와요."

"와! 이 와중에 자세한 제조법은 멤버십 채널을 봐야 하네."

코웃음을 치고는 준혁 아저씨가 백철웅을 바라봤다.

"이거 보고 만든 전담을 여자애한테 피우게 했지?"

백철웅이 대답을 회피하자 준혁 아저씨가 혀를 찼다.

"어차피 여자애의 혈액을 검사하면 다 나와. 우리나라 경찰은 생각보다 머리가 좋아."

듣고 있던 아주머니가 다시 끼어들었다.

"아니, 탐정님. 우리 애는 잘못한 게 없다니까요. 자꾸 그렇게 다그치면 우리 애 놀라요."

나는 준혁 아저씨의 표정이 그렇게 굳어진 것은 처음 봤다. 한숨을 쉰 준혁 아저씨가 잠깐 생각하다가 입을 열었다.

"어머니, 이럴 때 빠져나가는 가장 좋은 방법은요, 무조건 잘못했다고 하고 용서를 비는 것뿐이에요. 지금 가담했던 다섯 명 모두 친구를 잘못 사귀어서 휩쓸렸다고 말할 게 뻔한데 똑같은 변명을 해서 먹히겠어요? 이건 완전히 죄수의 딜레마라고요."

아까 들었던 내용이라 나도 귀를 쫑긋 세웠다. 아주머니가 무슨 뜻이냐고 묻자 준혁 아저씨가 설명했다.

"경찰이 강도 세 명을 체포해서 따로따로 심문하면서 거래를 제안하는 거죠. 가장 먼저 자백하면 1년, 그다음으로 자백하면 3년, 마지막까지 입을 다물면 독박 써서 엄청 센 형량을 받는 겁니다. 서로 상의할 수도 없는 상황이라 의리와 형량 사이에서 고민할 수밖에 없게 만드는 거죠. 그러니까 이럴 때는 먼저 자백하고 살려 달라고 하는 게 가장 좋아요."

듣고 있던 철웅이가 말했다.

"종현이는 우리가 모두 입을 다물면 괜찮을 거라고 했어요."

"그랬으면 나한테 조사를 시켰겠어?"

이번에는 백철웅이 물었다.

"그런데 왜 아저씨는 돈 받은 대로 안 해요?"

"탐정은 의뢰를 받았다고 무조건 시키는 대로 안 해. 나쁜 짓을 했는데 그걸 덮을 수는 없잖아."

"그래도 돈을 받았으면……."

"넌 돈이 뭔지 아니?"

준혁 아저씨의 물음에 백철웅이 고개를 저었다.

"무서운 거야. 하지만 그걸로 해결하지 못하는 것도 많아. 해결되어서는 안 되는 것도 많고."

백철웅은 알았는지 몰랐는지 무덤덤하게 고개를 끄덕거렸다.

그런 백철웅에게 준혁 아저씨가 물었다.

"궁금한 게 하나 있는데, 공원 화장실에서 의식을 잃고 쓰러진 여자애 주변에 있던 휴지들 말이야. 너희가 정액을 닦아 낸 휴지 맞지?"

민망한 질문이었는지 백철웅은 차마 대답하지 못했다. 어머니가 옆구리를 찌르자 백철웅이 무겁게 고개를 끄덕거렸다. 몇 가지 질문을 더 하고 답변을 들은 준혁 아저씨가 아주머니를 바라봤다.

"일단 주도했다고 하지는 않았으니까 그 말은 믿겠습니다. 경찰이 차후에 소환하면 있는 그대로 빠짐없이 얘기하시면 됩니다. 괜히 어설프게 거짓말을 하면 바로 들통날 겁니다."

"우리 애는 정말 죄가 없어요. 그냥 유튜브를 보고 시키는 대로 한 것뿐이라고요."

인내심이 한계에 도달했는지 준혁 아저씨가 한숨을 쉬고는 입을 열었다.

"만약에 유튜브에 자살의 날이라는 걸 주장하는 놈이 있어요. 그놈이 몇 월 며칠에 어디 모여서 다 같이 자살하자고 하고, 그걸 국가가 눈감아 줬다고 하면 어떡하실 거예요?"

"무슨 말도 안 되는 소리를……."

"자살의 날이나 성폭행의 날이나 그걸 믿는 게 이상하죠. 그냥 그걸 핑계 삼아서 범죄를 저지른 거예요. 아무리 여자애가 문란하고 꼬리를 친다고 해도요. 지갑을 뒷주머니에 넣고 다닌다고 누군가 훔쳐도 된다는 뜻이 아닌 것처럼요."

망치처럼 묵직한 팩트로 두들겨 패는 준혁 아저씨의 말에 아주머니는 처음엔 멍하니 듣고 있다가 나중에는 버럭 화를 냈다.

"종현이 할머니가 보냈다고 하더니 협박을 하러 왔네, 응? 이제 보니까."

준혁 아저씨는 앉아 있는 백철웅을 손가락으로 가리키며 대답했다.

"맞아요. 협박하러 온 겁니다. 쟤 인생은 이제 끝났어요."

"경찰도 아닌 주제에 어떻게?"

"인터넷에 다 풀어 버릴 겁니다. 쟤 얼굴이랑 학교 다 나오게요. 요즘 이런 사건만 전문적으로 업로드하는 유튜버들이 꽤 늘었거든요."

"뭐, 뭐라고요?"

"처벌은 가볍게 받을지 모르겠지만 평생 얼굴 들고 다니지 못할 겁니다. 취직이나 결혼은 물론이고 유학이나 이민을 가도 어디선가 사람들이 알아볼 겁니다. 유튜브가 성폭행의 날같이 엉터리 정보만 뿌리는 역할을 하는 게 아니라서요. 어때요? 협박 무시무시하죠? 그러니까 잘못한 건 인정하고 처벌받으세요. 작정하고 여자애를 끌어내서 집단으로 성폭행을 했으면서 무슨 우리 애는 착하다는 애길 합니까?"

아주머니가 창백해진 얼굴로 준혁 아저씨를 바라봤다. 그런 아주머니에게 준혁 아저씨가 일침을 가했다.

"자, 진짜 협박을 할게요. 이제부터는 누가 먼저 자백하느냐에 따라 처벌이 달라질 겁니다. 아드님에게 조금이라도 도움이 되고 싶으면 담당 경찰한테 연락하세요. 늦으면 국물도 없을 겁니다."

얘기를 마친 준혁 아저씨가 백철웅을 쏘아봤다.

"네 어머니는 아무 잘못도 없는데 처음 본 나한테 아쉬운 소릴 하고 있잖아. 이게 다 너 때문이야. 죗값을 치르고 착하게 살려고 노력해. 남한테 나쁜 친구 되지 말고 말이야."

할 말을 다 하고 일어난 준혁 아저씨는 의자를 원위치하고는 나에게 말했다.

"음료수 챙겨."

"네? 이걸요?"

"아깝잖아. 얼른."

나는 냉큼 음료수들을 챙겨 준혁 아저씨를 따라 밖으로 나왔다. 1층 계단으로 내려가던 준혁 아저씨가 곽 형사에게 전화를 걸었다.

"접니다. 백철웅이 자백했어요. 제가 누굽니까? 개봉동 최고의 명탐정 민준혁 아닙니까, 하하하."

음료수를 들고 따라가던 나는 속으로 개봉동에 탐정이라고는 한 명밖에 없지 않느냐고 생각했다. 계단을 다 내려온 준혁 아저씨는 아파트 단지 정문으로 걸어가면서 통화를 이어 갔다.

"처음부터 작정한 거 같아요. 돈 많은 집안 애들이 액상 김장까지 하면서 전자 담배를 만든 건 그걸로 여자애 의식을 잃게 만들려고 그런 거 같습니다. 그리고 여자애가 남자관계가 엄청 복잡하다고 했어요. 예, 제 귀로 똑똑히 들었고, 녹음도 되어 있어요. 이걸 여자애한테 들려주면 생각이 달라질 겁니다."

역시 준혁 아저씨는 다 계획이 있었던 거라고 나는 속으로 생각했다. 어리바리하고 돈 앞에서 바보같이 비굴하게 굴었던 게 다 이유가 있었던 것이다. 내가 감탄하며 바라보자 준혁 아저씨는 한쪽 눈을 찡긋하고는 통화를 계속했다.

"그리고 현장 주변에 있던 휴지요. 걔들 정액을 닦은 게 맞아요. 여자애 몸에서 나온 정액과 DNA를 대조하면 똑같을 거예요. 영장을 받는 건 형사님 몫입니다. 잘해 보십시오. 참, 녹취한 건 보내 드릴게요. 증거로는 못 쓰지만 여자애 설득할 때 쓰시라고요. 자기 딸이 어떤 취급을 받았는지 알면 부모도 그냥 돈 받고 넘어가지는 못할 겁니다."

몇 마디 더 하고 통화를 끝낸 준혁 아저씨가 홀가분한 표정을 지었다. 그걸 본 나는 비로소 어떻게 돌아간 건지 알아차렸다.

"처음부터 곽 형사랑 짜고 친 거죠?"

"처음부터는 아니고, 종현이 할머니에게 연락을 받고서 바로 곽 형사에게 연락했어. 그랬더니 알려 주더라고."

"경찰 대신 자백을 받은 셈이네요."

나의 물음에 준혁 아저씨가 히죽 웃었다.

"의뢰를 받은 순간, 곽 형사와 같이 해도 되겠다고 생각하고 냉큼 한다고 했지. 그래야 가담한 놈들이나 부모들이 의심하지 않을 거 아냐."

비로소 모든 상황을 알아차린 나는 허탈하게 웃었다. 준혁 아저씨는 내 머리를 장난스럽게 헝클었다. 헝클어진 머리를 손으로 정리하고서 내가 물었다.

"그나저나 죄수의 딜레마는 진짜 있는 얘기 맞아요?"

"있든 아니든 믿으면 그만이잖아."

"진짜 사악한 탐정 같아요, 아저씨는."

"정의의 사도이기도 하지."

껄껄 웃던 준혁 아저씨는 휴대폰 벨 소리가 나자 천연덕스럽게 전화를 받았다.

"안녕하십니까? 민준혁입니다. 안 그래도 연락을 드리려고 했습니다만, 네, 경찰 조서를 보고 가담한 학생들을 만나 보니까 돈으로 덮을 정도의 사건이 아니더라고요. 그래서 의뢰를 거절하겠습니다. 잘못하다가는 저도 공범이 될 거 같아서요. 돈은 돌려 드리겠습니다. 위약금이요?"

휴대폰을 살짝 고쳐 잡은 준혁 아저씨가 고개를 갸웃거렸다.

"제가 서명한 계약서에는 진실을 알게 되어서 의뢰를 거절할 경우 위약금을 물어 준다는 조항은 없었습니다만? 그러니까 계약서를 똑바로 보셔야죠. 곧 경찰이 영장을 발부할 겁니다. 만약 영장이 안 나오게 꼼수를 부리면 사건 관련 내용을 고스란히 사이버 레커한테 가져갈 겁니다. 조회 수에 눈이 먼 유튜버들은 진짜 걸어 다니는 폭탄이거든요. 학교랑 얼굴 공개되면 성형 수술해서 유학 보내셔야 할 겁니다. 그런데 여기서 사고 친 애가 외국 간다고 사고 안 치겠습니까? 거긴 진짜 마약이랑 총들이 널려 있는데요."

어쩌면 이렇게 말로 잘 두들겨 패는지 신기했다. 통화를 끝낸 준혁 아저씨에게 물었다.

"그나저나 연남동 사모님이 어머니 친구분이잖아요. 혼나시는 거 아니에요?"

"누구? 엄마한테?"

내가 고개를 끄덕거리자 준혁 아저씨가 피식 웃었다.

"같이 학교 다닐 때 엄청 으스대고 잘난 척해서 지금도 싫어하셔. 다만, 내 취직 때문에 티를 안 내셨던 거지. 오늘 있었던 얘기 하면 오히려 좋아하실걸."

나는 낄낄거리는 준혁 아저씨를 따라 웃었다.

| 작가의 말 |

    안타깝지만 본문에 나오는 '성폭행의 날'은 틱톡을 비롯한 SNS에 광범위하게 퍼진 내용입니다. 아직 국내에서는 알려져 있지 않지만 해외에서는 계속 문제가 되고 있는 상황입니다. 성폭행 사건 역시 실제 벌어진 사건을 토대로 했습니다. 한 가지 다른 점은 실제 사건들은 고등학생이 아니라 중학생들이 저질렀다는 것이죠. 청소년 소설을 쓰기 위해 관련 자료를 조사하다 보면 깜짝 놀랄 때가 너무 많습니다. 제가 만나는 대다수의 청소년들은 착하지만 그렇지 않은 청소년들이 저지르는 사건 사고들이 너무나 잔혹하기 때문이죠. 심지어 성인 범죄자들 뺨칠 정도의 범행을 저지르기도 합니다.

    하지만 저는 이것이 전적으로 청소년들의 잘못이라고 생각하지는 않습니다. 어른들은 청소년들의 거울입니다. 어른들의 행동과 가치관을 보고 자연스럽게 따라 하게 되죠. 결국 청소년들의 문제는 어른들의 문제이기도 합니다. 사회의 가치관이 다른 무엇보다 돈이 제일이고, 수단 방법을 가리지 말고 무조건 경쟁에서 이겨야 한다는 식으로 흘러가는데 청소년들이 멀쩡하게 자라나길 바라는 건 잘못된 기대일 수밖에 없습니다.

    청소년들이 범죄를 저지르고 빌런이 되는 것은 결국 어른들의 책임일 수밖에 없고 사회 전체가 연대 책임을 짊어져야만 한다는 마음으로 이 작품을 썼습니다.

작가소개

소향

장르 소설과 동화 등 다양한 글을 써요. 2022년 김유정신인문학상으로 등단했고 같은 해 한국콘텐츠진흥원 신진 스토리 작가 공모전에 선정되어 첫 장편 소설《화원귀 문구》를 출간했습니다. 제7회 한낙원과학소설상 수상 작품집《항체의 딜레마》, 제4회 국립생태원 생태동화 공모전 수상 작품집과《이달의 장르 소설 4》,《촉법소년》등 여러 앤솔러지에 작품을 실었습니다. 장편 동화《간판 없는 문구점의 기묘한 이야기》를 썼습니다. 2023년과 2024년에 아르코문학창작기금 발표 지원과 발간 지원을 수혜했습니다.

박애진

SF, 판타지, 스릴러, 청소년 소설 등 다양한 장르의 글을 쓰며, 다수의 앤솔러지에 단편을 발표했습니다. 연작 소설집《우리가 모르는 이웃》, 작품집《우리의 파동이 교차할 때》,《귀여움이 세상을 구원하리라》등을 출간했으며, 장편 소설로는《지우전: 모두 나를 칼이라 했다》,《알리바바와 수수께끼의 비적단》,《히아킨토스》,《라비헴 폴리스 2049》등이 있습니다. 2022년에 장편 소설《명월비선가》로 SF 어워드 장편 부문 우수상을 수상했습니다. 첫 번째 꿈은 만화가였고 지금도 그림 그리기를 즐깁니다. 여행도 좋아해서 드로잉을 곁들인 여행기나 영감의 영원한 원천인 고양이 일러스트집을 출간하고 싶다는 소망이 있습니다.

김이환

레이 브래드버리의 《화성 연대기》를 읽고 감명을 받아 작가가 되고 싶다고 생각, 단편 소설을 써서 인터넷에 발표하며 작가 활동을 시작했습니다. 2009년 멀티 문학상, 2011년 젊은 작가상 우수상, 2017년 SF 어워드 장편 소설 우수상을 수상했습니다. 2004년부터 지금까지 《절망의 구》,《소심한 사람들만 남았다》,《초인은 지금》,《엉망진창 우주선을 타고》 등 14편의 장편 소설과 단편집 《이불 밖은 위험해》를 출간했고, 《취미는 악플, 특기는 막말》,《일상 탈출 구역》 등 10여 편의 공동 단편집에 참여했습니다. 단편 〈너의 변신〉이 프랑스, 독일, 베트남에서 출간되었으며, 단편집 《이불 밖은 위험해》가 일본에서, 장편 소설 《절망의 구》가 영국과 미국에서 번역되어 출간을 준비 중입니다.

정명섭

서울에서 태어나 대기업 샐러리맨과 바리스타를 거쳐 현재 전업 작가로 활동 중입니다. 다양한 장르의 글을 쓰고 있으며, 강연과 라디오, 유튜브와 팟캐스트 출연 등을 통해 독자와 만나고 있습니다. 글은 남들이 볼 수 없는 은밀하거나 사라진 공간을 이야기할 때 빛난다고 믿습니다. 《미스 손탁》,《어린 만세꾼》,《저수지의 아이들》,《훈민정음 해례본을 찾아라》,《시간을 잇는 아이》,《기억 서점》,《조선의 형사들》 등의 역사 소설을 집필했습니다. 2013년 《기억, 직지》로 제1회 직지소설문학상 최우수상을, 2016년 《조선변호사 왕실소송사건》으로 제21회 부산국제영화제에서 NEW 크리에이터상을, 2020년 《무덤 속의 죽음》으로 한국추리문학상 대상을 수상했습니다.

우주나무 청소년문학 2 빌런은 바로 너

초판 1쇄 인쇄 2024년 9월 11일 | 초판 1쇄 발행 2024년 9월 30일
글 소향 박애진 김이환 정명섭 | 편집 한지연 | 디자인 아이디스퀘어
펴낸이 정하섭 | 펴낸곳 우주나무 | 출판신고 제2021-000100호
주소 10881 경기도 파주시 회동길 480 아트팩토리 B동 236호
전화 070-8848-1905 | 팩스 0505-360-1905 | 메일 woojunamup@naver.com
블로그 https://blog.naver.com/woojunamup | 인스타그램 @woojunamu_publishing

ⓒ 소향 박애진 김이환 정명섭 2024

이 책은 저작권법에 따라 보호받는 저작물입니다. 이 책 내용의 전부 또는 일부를 이용하려면
반드시 저작권자와 출판사 양쪽의 허락을 받아야 합니다.

ISBN 979-11-93152-27-0 44810 ISBN 979-11-89489-95-3(세트)

⚠ 종이에 손이 베이거나 책 모서리에 다치지 않게 주의하세요.